DU MÊME AUTEUR

Cordon-bleu
Minuit, 1987

Longue Vue
Minuit, 1988

Le Feu d'artifice
Minuit, 1992

La Femme parfaite
Minuit, 1995

Ces deux-là
Minuit, 2000

Pura Vida
Vie & mort de William Walker
Seuil, 2004
et « Points », n° P2165

La Tentation des armes à feu
Seuil, 2006

Équatoria
Seuil, 2009
et « Points », n° P3039

Kampuchéa
Seuil, 2011
et « Points », n° P2859

Patrick Deville

PESTE & CHOLÉRA

ROMAN

Éditions du Seuil

TEXTE INTÉGRAL

ISBN 978-2-7578-3690-3
(ISBN 978-2-02-107720-9, 1re publication)

© Éditions du Seuil, 2012

Ah ! oui, devenir légendaire,
Au seuil des siècles charlatans !

Laforgue

dernier vol

La vieille main tavelée au pouce fendu écarte un voilage de pongé. Après la nuit d'insomnie, le vermeil de l'aube, la glorieuse cymbale. La chambre d'hôtel blanc neige et or pâle. Au loin la lumière à croisillons de la grande tour en fer derrière un peu de brume. En bas les arbres très verts du square Boucicaut. La ville est calme dans le printemps guerrier. Envahie par les réfugiés. Tous ceux-là qui pensaient que leur vie était de ne pas bouger. La vieille main lâche la crémone et saisit la poignée de la valise. Six étages plus bas, Yersin franchit le tambour de bois verni et de cuivre jaune. Un voiturier en habit referme sur lui la portière du taxi. Yersin ne fuit pas. Il n'a jamais fui. Ce vol, il l'a réservé des mois plus tôt dans une agence de Saigon.

C'est un homme presque chauve à présent, la barbe blanche et l'œil bleu. Une veste de gentleman-farmer et un pantalon beige, une chemise blanche au col ouvert. Les baies vitrées du Bourget donnent

9

sur la piste où stationne sur ses roues un hydravion. Une petite baleine blanche et son ventre rond pour douze passagers. On pousse la passerelle contre la carlingue du côté gauche, parce que les premiers aviateurs, dont fut Yersin, étaient des cavaliers. Il s'en va retrouver ses petits chevaux annamites. Sur les banquettes du salon une poignée de fuyards. Au fond de leurs bagages, sous les chemises et les robes de soirée, les liasses et les lingots. Les troupes allemandes sont aux portes de Paris. Ceux-là sont riches assez pour ne pas collaborer, qui observent l'horloge au mur et leur montre au poignet.

Une motocyclette à side-car de la Wehrmacht suffirait à clouer au sol la petite baleine blanche. L'heure est passée. Yersin ignore les conversations inquiètes, consigne une phrase ou deux dans un carnet. On voit tourner les hélices au-dessus du cockpit à la croisée des ailes. Il traverse le tarmac. Les fuyards voudraient le pousser, l'obliger à courir. Tous sont assis à bord. On l'aide à emprunter l'échelle. C'est le dernier jour de mai quarante. La chaleur fait danser sur la piste le mirage d'une flaque. L'avion vibre et s'élance. Les fuyards s'épongent le front. C'est le dernier vol de la compagnie Air France avant plusieurs années. On ne le sait pas encore.

C'est aussi le dernier vol pour Yersin. Il ne reviendra jamais à Paris, jamais ne retrouvera sa chambre au sixième étage du Lutetia. Il s'en doute bien un peu, observe tout en bas les colonnes de l'exode dans la Beauce. Les vélos et les charrettes où sont empilés des meubles et des matelas. Les camions au pas au milieu des marcheurs. Tout cela rincé par les orages du printemps. Les colonnes d'insectes affolés qui fuient les sabots du troupeau. Ses voisins du Lutetia ont tous quitté l'hôtel. Le grand échalas d'Irlandais binoclard, Joyce en costume trois-pièces, est déjà dans l'Allier. Matisse gagne Bordeaux puis Saint-Jean-de-Luz. L'avion met le cap sur Marseille. Entre les deux pinces qui se resserrent du fascisme et du franquisme. Alors que se dresse au nord, avant de frapper, la queue du scorpion. La peste brune.

Il les connaît, Yersin, les deux langues et les deux cultures, l'allemande et la française, et leurs vieilles querelles. Il la connaît aussi, la peste. Elle porte son nom. Depuis quarante-six ans déjà, en ce dernier jour de mai quarante où pour la dernière fois il survole la France dans son ciel orageux.

Yersinia pestis.

des insectes

Le vieil homme feuillette le carnet puis s'assoupit dans le bourdonnement. Depuis des jours il n'a pu trouver le sommeil. L'hôtel était envahi par les volontaires de la Défense passive au brassard jaune. La nuit les alertes. Les fauteuils disposés dans l'abri au sous-sol au fond des galeries où sont allongées les bouteilles. Derrière ses paupières closes, le jeu du soleil sur la mer. Le visage de Fanny. Le voyage d'un jeune couple en Provence et jusqu'à Marseille pour capturer des insectes. Comment écrire l'histoire du fils sans celle du père. Celle-ci fut brève. Jamais le fils ne le connut.

À Morges dans le canton de Vaud, chez les Yersin comme chez les voisins, ce n'est pas le dénuement mais une stricte frugalité. Un sou y est un sou. Les jupes élimées des mères passent aux servantes. Ce père parvient à coups de leçons particulières à mener à Genève des études de moyenne intensité, devient un temps professeur de collège, féru de botanique et d'entomologie, mais pour mieux gagner son pain c'est l'administration des poudrières. Il porte la longue veste noire cintrée des savants et le chapeau haut de forme, il sait tout des coléoptères, se spécialise dans les orthoptères et les acridiens.

Il dessine les criquets et les grillons, les tue, place sous le microscope les élytres et les antennes, envoie des communications à la Société vaudoise des sciences naturelles, et jusqu'à la Société entomologique de France. Puis le voilà intendant des Poudres et ça n'est pas rien. Il poursuit l'étude du système nerveux du grillon champêtre et modernise la poudrerie. Le front écrase le dernier grillon. Un bras dans une ultime contraction renverse les bocaux. Alexandre Yersin meurt à trente-huit ans. Un scarabée vert traverse sa joue. Une sauterelle se piège dans ses cheveux. Un doryphore entre dans sa bouche ouverte. Sa jeune épouse Fanny est enceinte. La veuve du patron va devoir quitter la poudrerie. Après l'oraison, au milieu des ballots de linge et des piles de vaisselle, un enfant naît. On lui donne le prénom du mari mort.

Au bord du Lac aux eaux pures et froides, la mère fait à Morges l'acquisition de la Maison des Figuiers qu'elle transforme en pension pour jeunes filles. Fanny est élégante et connaît les manières. Elle leur enseigne le maintien et la cuisine, un peu de peinture et de musique. Le fils toute sa vie conservera du mépris pour ces activités, confondra l'art et les arts d'agrément. Toutes ces foutaises de la peinture et de la littérature rappelleront à ses yeux la futilité de celles qu'il appellera dans ses courriers les guenons.

Cela vous donne des idées de sauvageon, poser des collets, dénicher, allumer des feux à la loupe, rentrer couvert de boue comme au retour de la guerre ou d'une exploration des jungles. Le garçon est seul et bat la campagne, nage dans le Lac ou construit des cerfs-volants. Il capture des insectes, les dessine, les transperce d'une aiguille et les fixe au carton. Le rite sacrificiel ressuscite les morts. Du père – comme dans une peuplade guerrière la lance et le bouclier –, il hérite des emblèmes, sort d'une malle au grenier le microscope et le bistouri. Voilà un deuxième Alexandre Yersin et un deuxième entomologiste. Les collections du mort sont au musée de Genève. Ça peut être un but dans la vie : consumer ses jours en d'austères études en attendant à son tour l'explosion d'un vaisseau dans le cerveau.

De génération en génération, à part torturer les insectes, les distractions vaudoises sont réduites. L'idée même est suspecte. La vie est en ces lieux un rachat du péché de vivre. La famille Yersin expie à l'ombre de l'Église évangélique libre, issue d'un schisme à Lausanne au sein du protestantisme vaudois. Ceux-là refusent à l'État le droit de payer leurs pasteurs et d'entretenir les temples. Dans leur dénuement et leur rigueur, les fidèles se saignent pour subvenir aux besoins des prédicateurs. C'est une autre paire de manches que d'entretenir un curé même doué d'un joli coup de fourchette. Le pasteur pour complaire à Dieu – croissez et multipliez – est une espèce qui se reproduit à vitesse folle. Ce sont d'immenses familles au fond du nid le bec en l'air. Les jupes élimées des mères n'iront plus aux servantes. Les fidèles se drapent comme d'une toge de leur élitisme et de leur probité. Ils sont les plus purs et les plus éloignés de la vie matérielle, les aristocrates de la foi.

De cette froideur hautaine dans le gel bleu des dimanches, on dit que le petit jeune homme conservera la franchise abrupte et le mépris des biens de ce monde. Le bon élève par ennui devient un adolescent studieux. Les seuls hommes admis à la Maison des Figuiers, dans le petit salon fleuri, sont des médecins amis de la mère. Il faut alors choisir entre la France et l'Allemagne et leurs deux modèles universitaires. À l'est du Rhin le cours magistral et théorique, la science proférée en chaire par les savants en costume noir au col de celluloïd. À Paris l'enseignement clinique au chevet du malade et en blouse blanche, le modèle dit patronal, dont l'inventeur fut Laennec.

Ce sera Marburg parce que la mère et les amis de la mère. Yersin aurait préféré Berlin mais ce sera la province. Fanny loue pour son fils une chambre chez un professeur honorable, une sommité qui prêche à l'Université mais assiste aux offices. Yersin obtempère pour s'éloigner des jupons. Bouger. Ses rêves sont ceux d'un enfant. C'est le début d'une correspondance avec Fanny qui ne prendra fin qu'à la mort de celle-ci. « Lorsque je serai docteur, je te prendrai avec moi et nous irons nous établir au Midi de la France ou en Italie, n'est-ce pas ? »

Le français devient une langue secrète, maternelle, un trésor, la langue du soir, celle des lettres à Fanny.

Il a vingt ans et sa vie dès lors se dit tout en allemand.

à Berlin

Mais c'est une longue année d'abord qu'il lui faut patienter. Dans une lettre écrite en juillet, il note que « comme toujours il pleut, fait froid, décidément Marburg n'est pas le pays du soleil ». L'enseignement doctoral autant que le climat le déçoit. La pensée de Yersin est pragmatique, expérimentale, il a besoin de voir et de toucher, de manipuler, de construire des cerfs-volants. La sommité qui l'accueille offre un visage austère à orner un billet de banque. Les Américains ont un mot pour ça : dwem. Vieux sages blancs, sélects et doctes, à barbiche et lorgnon.

Marburg est dotée de quatre universités, d'un théâtre, d'un jardin botanique, d'un tribunal et d'un hôpital. Tout cela au pied du château des landgraves de la Hesse. Un enquêteur, un scribe muni de son carnet à couverture en peau de taupe, un fantôme du futur sur les traces de Yersin, descendu à l'hôtel Zur Sonne, marchant dans les rues pentues sur les traces de la jeunesse du héros, le long de la rivière Lahn, retrouve sans peine la haute maison de pierre à colombages, au cœur de cet îlot paisible de culture sous le ciel gris et bas, au fond de quoi se morfond le petit jeune homme à l'œil bleu sévère et à la barbe naissante.

Le fantôme traverse les murailles aussi bien que le temps, voit derrière la façade à colombages le bois sombre des meubles, le cuir sombre des fauteuils et des reliures dressées dans la bibliothèque. Du noir et du brun pour un tableau flamand. Le soir l'or des lampes pour la bénédiction marmonnée, le dîner silencieux. Le balancier de l'horloge accroche un reflet. Plus haut il pousse d'un cran l'engrenage qui cliquette. Au fronton du Rathaus, la Mort toutes les heures retourne son sablier. On l'ignore. Ce présent est perpétuel. Le monde gagnerait peu à évoluer encore. Cette civilisation est à son apogée. Quelques détails peut-être à régler. Des médicaments sans doute à perfectionner.

Au bout de la table se tient solennel et silencieux Jupiter, le professeur Julius Wilhelm Wigand, docteur en philosophie, directeur de l'Institut de pharmacie, conservateur du Jardin botanique, doyen de la Faculté. Le soir il reçoit dans son bureau le jeune Vaudois. Ses attentions sont paternalistes. Il aimerait guider le jeune homme dans son ascension académique et lui éviter les bévues. Ainsi il lui reproche la fréquentation de ce Sternberg comme le nom l'indique. Il lui conseille de rejoindre une confrérie. Mais voilà, Yersin, cet étudiant timide assis devant lui dans un fauteuil, n'a jamais eu de père. Il s'en est passé jusque-là.

Qu'ils s'inscrivent en médecine, en droit, en botanique ou en théologie, les étudiants de Marburg ont alors en commun, pour neuf sur dix d'entre eux, d'appartenir à une confrérie. Après les rites d'admission, les serments proférés, l'activité consiste chaque soir à rejoindre la même taverne aux murs couverts de blasons pour s'y torcher gravement la gueule et se battre en duel. On se protège la gorge d'une écharpe, le cœur d'un plastron, on sort les lames des fourreaux. On arrête au premier sang. Naissent d'indéfectibles amitiés. On exhibe sur son corps les estafilades comme plus tard sur l'uniforme les médailles. Un sur dix cependant est exclu de cette camaraderie. C'est le *numerus clausus* alloué aux juifs par la loi universitaire.

Le petit jeune homme en noir choisit le calme de l'étude, les marches dans la campagne, les discussions avec Sternberg. Les cours d'anatomie et de clinique sont dispensés en amphithéâtre quand ces deux-là déjà voudraient connaître l'hôpital. Disséquer. Entrer dans le vif. À Berlin, où Yersin séjourne enfin, il assiste la même semaine à deux résections de la hanche quand une telle opération n'eut lieu qu'une fois dans l'année à Marburg. Enfin il marche dans les rues d'une grande capitale. Cette année-là, les hôtels sont emplis de diplomates et d'explorateurs. Berlin devient la capitale du monde.

À l'initiative de Bismarck, toutes les nations coloniales s'y retrouvent devant l'atlas pour se partager l'Afrique. C'est le Congrès de Berlin.

Le mythique Stanley, qui quatorze ans plus tôt a retrouvé Livingstone, y représente le roi des Belges propriétaire du Congo. Yersin lit les journaux, découvre la vie de Livingstone, et Livingstone devient son modèle : l'Écossais à la fois explorateur, homme d'action, savant, pasteur, découvreur du Zambèze et médecin, égaré pendant des années en des territoires inconnus de l'Afrique centrale, et qui, lorsque Stanley le retrouve enfin, choisit de rester sur place où il mourra.

Un jour Yersin sera le nouveau Livingstone.

Il écrit ça dans une lettre à Fanny.

L'Allemagne, comme la France et l'Angleterre, se taille à coups de sabre et de mitrailleuse un empire, colonise le Cameroun, l'actuelle Namibie, et l'actuelle Tanzanie et jusqu'à Zanzibar. Cette année-là du Congrès de Berlin, Arthur Rimbaud, l'auteur du *Rêve de Bismarck*, convoie à dos de chameau deux mille fusils et soixante mille cartouches pour le roi Ménélik en Abyssinie. Celui-là qui fut un poète français promeut l'influence française, s'oppose aux visées territoriales des Anglais et des Égyptiens menées par Gordon. « Leur Gordon est un idiot, leur Wolseley un âne, et toutes leurs entreprises une suite insensée d'absurdités et de déprédations. » Il affirme le premier l'importance stratégique de ce port qu'il écrit Dhjibouti comme Baudelaire écrivait Saharah, rédige un rapport d'exploration pour la Société de Géographie, envoie des articles géopolitiques au *Bosphore égyptien*, lesquels trouvent écho en Allemagne, en Autriche, en Italie. Il dit les ravages de la guerre. « Les Abyssins ont dévoré en quelques mois la provision de dourah laissée par les Égyptiens et qui pouvait suffire pour plusieurs années. La famine et la peste sont imminentes. »

C'est un insecte qui propage la peste. La puce. On l'ignore encore.

Depuis Berlin, Yersin se rend à Iéna. Il fait l'achat chez Carl Zeiss du microscope le plus perfectionné, qui jamais plus ne le quittera, dans ses bagages suivra son tour du monde, le microscope qui, dix ans plus tard, identifiera le bacille de la peste. Carl Zeiss est une manière de Spinoza et, chez ces deux-là, le polissage des verres fut propice à la réflexion et à l'utopie. Baruch Spinoza lui aussi était juif, dit Sternberg. Voilà les deux étudiants de nouveau à Marburg, penchés à tour de rôle sur l'oculaire tout neuf, jouant avec la molette crantée sur la géométrie d'une aile de libellule. Yersin a vu aussi les violences antisémites, les vitrines brisées, les coups de poing. Dans les propos des deux étudiants se glisse peut-être le mot peste.

On confond souvent, tant qu'on n'attrape ni l'une ni l'autre, la peste avec la lèpre. La grande peste du Moyen Âge, la peste noire, c'est vingt-cinq millions de morts qu'il faut rapporter à la démographie. La moitié de la population de l'Europe est décimée. Aucune guerre encore n'a jamais causé une telle hécatombe. L'ampleur du fléau est métaphysique, elle dit le courroux divin, le Châtiment. Les Suisses n'ont pas toujours été de débonnaires zélotes de la tolérance et de la modération. Cinq siècles plus tôt, ceux de Villeneuve au bord du Lac ont brûlé vifs les juifs accusés de propager l'épidémie par empoisonnement des puits. Cinq siècles plus tard, si l'obscurantisme a régressé la haine est la même. On n'en sait pas davantage non plus sur la peste. Comment elle vient, tue et disparaît. Peut-être un jour. Les deux étudiants ont foi en la science. Au Progrès. Soigner la peste ce serait faire d'une pierre deux coups, dit Sternberg. Yersin lui annonce son départ pour la France.

L'an prochain, il poursuivra ses études à Paris. En cette année du Congrès de Berlin, pendant qu'Arthur Rimbaud use ses jambes dans la rocaille des déserts au cul des chameaux, Louis Pasteur vient de sauver l'enfant Joseph Meister. Soigner la rage par le vaccin c'est la porte ouverte. Bientôt entre la peste et le choléra il n'y aura plus à choisir mais à guérir. Yersin a l'avantage d'être bilingue. Sternberg le serait-il qu'il hésiterait. Berlin ou Paris comme entre Charybde et Scylla. Plutôt un pessimiste lucide, ce Sternberg, si ce n'est pas un pléonasme. Dix ans plus tard, au début de l'affaire Dreyfus, on ne trouvera nulle part le nom de Yersin au bas d'une pétition. Il est vrai que tout cela, ces horreurs de l'Europe, vous donnerait vite le goût des antipodes. Yersin au moment du procès est à Nha Trang ou à Hong Kong.

à Paris

Lorsque Yersin découvre l'autre capitale, il découvre surtout l'antigermanisme. Il est préférable, à Paris, plutôt que le casque à pointe et les airs bavarois, de chanter le yodel et de porter le curieux chapeau suisse.

Depuis quinze ans, et Sedan, la France est plus petite et ça ne passe pas. Amputée de l'Alsace et de la Lorraine, elle se venge par la conquête d'un vaste empire outremer, bien plus grand que celui des Allemands. Des îles des Caraïbes à celles de la Polynésie, de l'Afrique à l'Asie : pas davantage que sur l'Union Jack le soleil ne se couche sur le drapeau tricolore. Cette année-là, Pavie l'explorateur du Laos rencontre Brazza l'explorateur du Congo. C'est rue Mazarine, à La Petite Vache, où se rassemble aussi la petite bande des sahariens. La marine française s'est emparée deux ans plus tôt, depuis la Cochinchine, des provinces de l'Annam et du Tonkin. Yersin lit les récits, parcourt les cartes. Voilà des hommes et ceux-là n'iraient pas végéter à Marburg. Il est convaincu de la justesse de son choix. C'est ici qu'il faut vivre.

Pour la dernière fois peut-être de son histoire, Paris est une ville moderne. Les travaux sont achevés de sa rénovation haussmannienne. On trace le plan d'un métro. « J'entre au musée du Louvre. Aujourd'hui je visite les antiquités égyptiennes. » Yersin lit la presse au salon du Bon Marché. La famille Boucicaut, propriétaire du magasin, fera construire en face l'hôtel Lutetia vingt-cinq ans plus tard. Et à la fin de sa vie, Yersin prendra l'habitude d'y séjourner plusieurs semaines chaque année après avoir pour ça traversé la planète, toujours dans la chambre d'angle du sixième étage, à quelques centaines de mètres de sa première adresse d'étudiant, un gourbi en mansarde de la rue Madame d'où il apprend à Fanny qu'en se tordant le cou, il peut apercevoir une tour de l'église Saint-Sulpice.

Rue d'Ulm, Louis Pasteur vient de réussir une deuxième vaccination antirabique. Après le petit Alsacien Joseph Meister celle de Jean-Baptiste Jupille le Jurassien. Bientôt on accourt de partout. La médication jusqu'alors, dans toutes les campagnes et les forêts à loups sous la neige, en France comme en Russie, était souvent de ligoter les enragés et de les étouffer avant d'être mordu à son tour. L'aventure est au coin de la rue d'Ulm aussi bien qu'au dévers des dunes sahariennes. La nouvelle frontière de la microbiologie. L'étudiant étranger de vingt-deux ans, assis devant les journaux, vit aux crochets de sa mère. Il porte comme tous les hommes d'alors la barbe taillée court et une veste sombre, soupe au fond des caboulots où des prolétaires descendent leur gorgeon en concluant que celui-là vidé, c'est encore un que les Boches n'auront pas, et que ce serait idiot, patron, de leur laisser le tonneau. « J'ai assisté à une violente dispute entre les ouvriers et un individu d'origine allemande, je crois, qui avait eu le malheur de parler sa langue natale, il a été presque assommé. »

Pour l'heure, c'est lui qui mange de la vache enragée. Il s'inscrit au premier cours de bactériologie dispensé par le professeur Cornil. La discipline est nouvelle. Toute sa vie, Yersin choisira ce qu'il y a de nouveau et d'absolument moderne.

Chez Pasteur, en quelques mois, on vaccine à tour de bras. En janvier quatre-vingt-six : sur près de mille vaccinés, six sont morts, quatre mordus par le loup et deux par le chien. En juillet : on en est à près de deux mille succès et pas plus de dix échecs. Ces cadavres-là sont expédiés à la morgue de l'Hôtel-Dieu, où Cornil charge Yersin de les autopsier. Le verdict du microscope de Carl Zeiss est sans appel : l'observation de la moelle épinière démontre l'innocuité de la vaccination. Ceux-là ont été traités trop tard. Yersin remet les résultats à l'assistant de Pasteur, Émile Roux. C'est la rencontre des deux orphelins en blouse blanche, debout dans la morgue de l'Hôtel-Dieu, au milieu des cadavres des enragés, et leur vie en est bouleversée.

L'orphelin de Morges et l'orphelin de Confolens. Roux introduit Yersin auprès de Pasteur. Le jeune homme timide découvre le lieu et l'homme, écrit cela dans une lettre à Fanny : « Le cabinet de M. Pasteur est petit, carré, avec deux grandes fenêtres. Près d'une fenêtre il y a une petite table sur laquelle sont des verres à pied contenant les virus à inoculer. »

Bientôt Yersin s'installe auprès d'eux rue d'Ulm. Chaque matin, une longue file d'enragés impatients se forme dans la cour. Pasteur ausculte, Roux et Grancher vaccinent, Yersin prépare. Il est appointé, on lui alloue un maigre salaire. Plus jamais il ne devra rien à personne. L'orphelin de Morges et l'orphelin de Confolens ont trouvé un père en l'austère savant du Jura. L'homme à la redingote noire et au grand nom biblique, un nom à guider les troupeaux vers les pâtures et les âmes vers la rédemption.

Devant l'Académie des sciences, Louis Pasteur, malade, et encore administrateur de l'École normale supérieure, conclut son exposé. Il y a lieu de créer un établissement vaccinal contre la rage. La Ville de Paris met à sa disposition provisoire une bâtisse déglinguée de briques et de planches de trois étages, rue Vauquelin, et la petite bande s'y installe à demeure. C'est le début de leur vie communautaire. Sur cour des écuries, des chenils, la salle d'inoculation. La bande à Pasteur squatte les chambres dans les étages. Roux, Loir, Grancher, Viala, Wasserzug, Metchnikoff, Haffkine, Yersin. Celui-là est ombrageux et fronce les sourcils quand on l'appelle Yersine comme Haffkine à cause de son accent. Il quitte chaque matin la maison pour aller suivre ses cours de médecine rue des Saints-Pères. Le midi il déjeune dans un petit rade de la rue Gay-Lussac. Il choisit pour sa thèse la diphtérie et la tuberculose qu'on appelle encore en poésie la phtisie. Il mène des observations cliniques à l'hôpital des Enfants-Malades, effectue des prélèvements au fond des gorges enflées, extrait des membranes, essaie d'isoler la toxine diphtérique, lit dans les revues les récits des explorateurs.

Une souscription internationale est ouverte à la Banque de France au bénéfice de Louis Pasteur. Les fonds affluent. Le tsar de la Russie, l'empereur du Brésil et le sultan d'Istanbul envoient leur écot, mais aussi des petites gens dont les noms sont imprimés chaque matin dans le *Journal Officiel*. Le vieux Pasteur en parcourt la litanie. Il pleure lorsqu'il voit que le jeune Joseph Meister lui envoie trois sous. On acquiert un terrain dans le quinzième arrondissement. Roux et Yersin, chaque semaine, inspectent les travaux rue Dutot, rentrent rue d'Ulm, et retrouvent la petite bande dans l'appartement de Louis Pasteur et de sa femme où les plans sont déroulés. Le vieil homme en redingote noire a déjà subi deux attaques cérébrales, sa parole est difficile, son bras gauche paralysé, il traîne la jambe. Roux et Yersin dessinent avec l'architecte un escalier intérieur pour le prochain Institut dont les marches seront moins hautes et plus nombreuses.

Pour le vieux Pasteur, c'en est fini des découvertes. Après lui ce sera Roux, l'élu, le meilleur d'entre les fils, l'héritier putatif. Son dernier combat est théorique. Contre lui depuis plus de vingt ans, les tenants de la génération spontanée jaillissent comme par miracle. Il défend que rien ne naît de rien. Mais alors Dieu. Pourquoi tous ces microbes et nous les avoir cachés pendant des siècles. Pourquoi les enfants morts et surtout ceux des pauvres. Fanny s'inquiète. Pasteur comme Darwin. L'origine des espèces et l'évolution biologique, du microbe jusqu'à l'homme, contredisent les textes sacrés. Il en sourit, Yersin, et avec lui toute la petite bande. Bientôt tout cela sera très clair, il suffira d'expliquer, d'enseigner, de reproduire les expériences. Comment pourraient-ils imaginer qu'un siècle et demi plus tard la moitié de la population de la planète défendra toujours le créationnisme ?

Dans ces années où se constitue la petite bande des pasteuriens, la petite bande des sahariens continue de se retrouver rue Mazarine, pendant que s'éteint la petite bande des parnassiens. Les trois petites bandes auront un temps cohabité. Dans la même ville et dans les mêmes rues. Banville, le doux poète, crèche encore rue de Buci où il prêtait sa chambre de bonne à Rimbaud avant que celui-ci ne s'en aille avec Verlaine rue Racine. Depuis le départ de l'extralucide, la petite bande des parnassiens s'étiole. Elle fréquente encore par habitude ses labos qui sont des bistrots, où s'élaborent au fond des cornues d'autres élixirs, les fées multicolores qui s'installent au fond du cerveau des parnassiens à présent décatis abreuvent le vers tapi de l'alexandrin qui sans cesse se réplique en diptyques mais de plus en plus anémiés. En ce moment du microscope et de la seringue absolument modernes, s'éteint l'alexandrin, tué d'un coup de maître par le jeune poète parti vendre des fusils au roi du Choa Ménélik II, futur empereur d'Éthiopie.

Yersin quant à lui lit tout mais c'est de la science ou du récit d'exploration. Il travaille dans le calme et la solitude, sous des allures de fumiste et avec l'air de celui qui n'en fout pas une rame et c'est ainsi l'élégance. Il fait bouillir la nuit ses tambouilles de microbes et prépare ses réactifs. C'est fascinant tout ce matériel à sa disposition. Enfin des travaux pratiques, des cerfs-volants. Il ouvre les cages à poules et à souris, prélève, inocule, puis réalise, d'un coup de génie, sur un lapin, une tuberculose expérimentale d'un type nouveau : dite typho-bacillaire ou typhobacillose.

Le petit jeune homme en noir revient avec ça au labo et tend à Roux l'éprouvette. Ou bien il sort de son chapeau le lapin blanc qu'il tient par les deux oreilles et le dépose sur la paillasse. J'ai trouvé un truc. Roux ajuste la molette crantée du microscope entre le pouce et l'index, relève les yeux, tourne la tête, regarde en contre-plongée l'étudiant timide en fronçant les sourcils. La « Tuberculose type Yersin » fait son entrée dans les ouvrages de l'enseignement médical, et déjà ainsi son nom serait passé à la postérité des généralistes et des historiens de la médecine. Mais du grand public son nom serait vite oublié, qui aujourd'hui, malgré la peste, n'est pas très su. Le pauvre lapin tubard tousse et crache ses poumons, expire sur la paillasse. Des gouttes de sang rouge maculent son pelage blanc. Ce martyr vaut au jeune homme une première publication dans les *Annales de l'Institut Pasteur*, signée Roux & Yersin. Pourtant celui-là n'est même pas encore médecin, même pas encore français.

Trois ans après son arrivée à Paris, Yersin rédige à vingt-cinq ans sa thèse, la soutient, reçoit une médaille de bronze qu'il glisse dans sa poche pour l'offrir à Fanny. Le matin il est déclaré docteur en médecine et le soir il prend le train pour l'Allemagne. Pasteur lui a demandé de s'inscrire au cours de microbie technique que vient de créer Robert Koch, le découvreur du bacille de la tuberculose, à l'Institut d'hygiène de Berlin. Yersin est suisse et bilingue. On n'est pas loin de l'espionnage. Celui qu'il appelle dans ses carnets « le grand lama Koch » attaque violemment Pasteur dans ses écrits. Yersin suit les vingt-quatre cours, emplit ses carnets, traduit Koch pour Pasteur, dessine un plan du laboratoire, rédige un rapport, et conclut qu'il ne sera pas bien difficile de faire mieux à Paris.

Dès son retour paraît une deuxième publication signée Roux & Yersin. Les bâtiments du futur Institut Pasteur sont inaugurés avec pompe par le chef de l'État Sadi Carnot et ses hôtes internationaux. Yersin est suisse encore. La loi réserve l'exercice de la médecine aux seuls citoyens de la

République. Il entame des démarches, envoie une lettre à Fanny. Ses aïeux maternels sont français et le dossier est vite bouclé. Des parpaillots qui ont fui les conflits religieux. La France accueille son fils prodigue.

Rue Vauquelin, les deux hommes, qui ont pourtant autre chose à faire, accrochent un après-midi leur blouse blanche à la patère du vestibule, passent un veston. Roux accompagne son préparateur à la mairie du cinquième arrondissement place du Panthéon. C'est à deux pas. Les deux hommes signent le registre. L'employé éponge l'encre au buvard et leur tend l'attestation. Pas même le temps de fêter ça au bistrot comme s'ils étaient des parnassiens. Ils décrochent les blouses blanches, rallument les becs Bunsen, reprennent leur tambouille de bacilles. Yersin est un savant français.

l'éconduit

Mais s'il était demeuré suisse ou s'était fait allemand ? Ce vieil homme qui sommeille dans l'avion, la barbe blanche et l'œil bleu, l'esprit paisible, s'il avait choisi Koch contre Pasteur ? Où serait aujourd'hui cet homme de soixante-dix-sept ans détenteur d'un passeport du Reich ? On sait que souvent les génies se laissent abuser. On connaît leur naïveté. Ceux-là ne feraient pas de mal à une mouche, qui inventent, pour le seul plaisir de résoudre une énigme, des armes de destruction massive. Et s'il était au début de cette guerre un vieux médecin retraité à Berlin ? S'il s'était marié avec une Allemande de Marburg, où seraient aujourd'hui ses enfants et ses petits-enfants et sous quel uniforme ?

On doit être à présent au-dessus du Rhône, survoler les vignobles et les raisins verts sous le soleil de mai quarante. Les mobilisés seront-ils de retour pour les vendanges ? C'est dangereux, la position de Yersin, qui toujours, de la politique, voulut se laver les mains. Ignorer l'Histoire et ses frichtis dégoûtants. Un individualiste comme souvent le sont les altruistes. C'est plus tard, de trop aimer les hommes, qu'on devient misanthrope.

Yersin, c'est plus fort que lui : il faut toujours qu'il sache tout. Il ouvre son carnet, interroge l'équipage de la petite baleine blanche en métal. L'hydravion d'Air France, le flying-boat qui fait route vers Marseille, est un LeO du nom de ses deux constructeurs Lioré & Olivier, un LeO H-242. Son fuselage est en duralumin anodisé. Il consigne ça dans carnet. C'est un matériau nouveau, le duralumin anodisé. Il se demande ce qu'il pourrait bien construire de nouveau en Asie en duralumin anodisé. Les onze passagers qui l'entourent sont assis dans de confortables fauteuils à haut dossier. Les alcools sont à volonté.

Au milieu de ces riches fuyards, ces privilégiés et ces pleutres qui éliront au hasard des escales un lieu de villégiature où faire le gros dos, se planquer avec leur magot, Yersin chasse la promiscuité par les carnets, feint la concentration. Son nom et son visage sont connus. Il est le dernier survivant de la bande à Pasteur. On sait qu'il ira jusqu'à Saigon, au bout de la ligne, qu'il atteindra dans huit jours. Avec le paquebot c'était un mois. Mais chaque voyage lui permettait de rapporter de grandes caisses de matériel, de la verrerie pour les expériences, des graines pour ses jardins. Avec la guerre, les communications seront encore une fois interrompues. C'était le même bazar après quatorze.

Depuis cinquante ans, Yersin a choisi de quitter l'Europe. C'est en Asie qu'il a passé la Première Guerre mondiale et il s'apprête à y passer la Deuxième. Seul. Comme il a toujours vécu. Ou plutôt au sein de sa petite bande, à Nha Trang, un village de pêcheurs, la bande à Yersin. Car au fil des années le solitaire s'est révélé meneur d'hommes. Il a créé là-bas quelque chose comme une communauté, un monastère laïc retiré du monde, et qu'il s'en va rejoindre. Comme s'il avait fait vœu de frugalité et de célibat, et aussi de fraternité, sa communauté scientifique et agricole de Nha Trang peut évoquer une Cecilia anarchiste, ou un phalanstère fouriériste dont il serait le patriarche à barbe blanche. Yersin hausserait les épaules si l'idée devant lui était évoquée. Parce qu'un peu par hasard, sans vraiment le vouloir, s'occupant de tout autre chose, il est aujourd'hui à la tête d'une fortune assez considérable.

Une seule fois, dans un effort d'assimilation, pour être en règle et se conformer à la tradition de la Faculté, tout jeune médecin, tout jeune Français, tout jeune chercheur, il s'était dit qu'il devait être aussi tout jeune marié. C'était après tout le cas de Louis Pasteur et ça ne l'avait pas empêché de travailler. Yersin aimait dîner rue d'Ulm dans le petit appartement du couple. Les deux hommes s'appréciaient, des hommes durs et probes, taiseux, aux yeux bleu de neige et de glace. Lui aussi deviendrait un vieux sage entouré de la tendre affection d'une vieille épouse. Il avait entrepris en ce sens des démarches, appliqué la même méthode rationnelle que pour attester de sa généalogie. Comme toujours un courrier à sa mère. Une lettre à Fanny.

Elle qui vient de lui trouver des ancêtres lui trouve aussitôt une promise. Mina Schwarzenbach. La nièce d'une amie. C'est joli Mina. On l'imagine vierge et boutonnée jusqu'au col de dentelle blanche, mais sous la grande jupe noire peut-être chaque soir le feu attisé au bout du majeur. Yersin entreprend de lui écrire. C'est plus ardu qu'un topo sur la diphtérie. Plusieurs ébauches finissent à la corbeille. Chère Mina. Peut-être vante-t-il le couple paisible des vieux Pasteur. Les discussions savantes chez eux avec Perrot, le directeur de Normale sup, et le récit de ses missions archéologiques en Asie Mineure. C'est maladroit. Mina Schwarzenbach attend de lire des vers alexandrins enflammés qui lui seraient dédiés. Elle tiendrait le soir la lettre de son autre main pour les relire. Yersin s'y prend comme un manche. Il se fait rembarrer. On n'en parlera plus. Il sent bien qu'une épouse à ses basques l'aurait vite embarrassé. Ou bien on verra ça plus tard, quand j'aurai fait le tour du monde et de la question.

Pour l'instant j'irais bien voir la mer.

en Normandie

À Roux, l'idée semble absolument farfelue. Voir
la mer. Il éteint le bec Bunsen, essuie ses mains sur
la blouse blanche, lève les bras au ciel. On croit
rêver. Voir la mer. Pourquoi pas finir ses jours dans
un village de pêcheurs. Justement, dit Yersin…
Mais restons-en là. Voilà, il a une idée. L'utile
à l'agréable. Mettant à profit sa petite notoriété
de spécialiste de la tuberculose, le jeune docteur
Yersin vient d'obtenir de l'Inspection académique
une mission à Grandcamp dans le Calvados. Il
entend examiner les microbes contenus dans la
bouche des enfants vivant dans un lieu salubre
et au grand air. Il les comparera avec ceux qu'on
trouve dans la bouche des enfants dans les écoles
de Paris. Savoir si le ciel sali par les fumées des
fabriques ne serait pas un facteur aggravant de la
maladie. Il vient d'acheter l'une de ces nouvelles
bicyclettes à chaîne et pignons d'Armand Peugeot.

Yersin boucle sa valise, enveloppe son microscope,
monte dans un train pour Dieppe, gagne Le Havre à

bicyclette, prend le bac pour Honfleur et pédale jusqu'à Grandcamp. Le matin, il fait la tournée des classes où les enfants devant lui ouvrent grand la bouche, le soir il marche sur les quais et rencontre des pêcheurs qui acceptent de l'embarquer. La nuit à l'auberge il lit *Pêcheurs d'Islande* de Pierre Loti. Ces deux-là ont en commun la solitude depuis l'enfance. Les familles modestes et honnêtes de la province, le strict protestantisme, les pères absents. Ces garçons grandissent au milieu des femmes. Ils en conçoivent une misogynie latente et une sexualité indécise, le rêve de courir les mers et les océans. L'idée cependant vous vient plus vite à Rochefort-sur-Mer dans une famille de marins qu'à Morges dans le canton de Vaud.

Yersin a vingt-six ans et voit la mer pour la première fois.

Non pas du haut de la falaise et cheveux au vent comme un poète parnassien, mais sur le pont du chalutier *Raoul* balayé par les paquets de mer, en bottes et ciré, au milieu de la grande manœuvre des voiles et du travail bien fait.

Dans son enthousiasme, et pour Fanny qui est sa seule lectrice, il rédige un pastiche de Loti ou des explorateurs, des navigateurs découvreurs de peuplades. Il décrit un monde d'hommes, fraternel, quelque chose entre Loti et *Les Travailleurs de la mer* de Hugo, même si Yersin ignore encore l'accastillage, et que jamais à bord on n'évoque une corde, pas davantage que dans la maison d'un pendu : « Soudain le bateau s'arrête, la corde du filet se tend à se rompre. Vite, carguez les voiles, on a rencontré un rocher de belle taille qui déchire le filet sur plusieurs mètres carrés, aussi vite les navettes et la ficelle afin de boucher les trous. Ce n'est que vers sept heures que le filet est à nouveau en état mais le turbot ne se pêche que pendant le jour. De nuit on prend des soles qui sont aussi très recherchées mais il faut se rapprocher de la terre : le pays des soles a un fond formé de sable, sans rochers. » Le soir on grille à bord des rougets. Puis tous, sauf deux hommes de quart et le passager, « vont dormir dans leur cadre ». À la lecture de tels courriers, Fanny, assise dans le petit salon fleuri de la Maison des Figuiers, est un peu désappointée. Quelque chose cloche.

En bon orphelin, Yersin a comblé tous ses désirs de mère. Il est devenu médecin. Mon fils est docteur, disent les mères. Et celui-là plus encore. Un savant. Il travaille avec Pasteur. Elle dit Son bras droit. Maintenant ça suffit. Qu'il rentre à Morges auprès d'elle et vive auréolé, ouvre un cabinet au bord du Lac et visse sa plaque. Elle est inquiète, Fanny. Les mères le sont toujours. Peut-être un vaisseau dans la tête qui ne va pas. Comme son père. On a vu le résultat. Ce fils est insatiable. Que va-t-il encore inventer. Il veut partir chez les sauvages. Comme si les Français ça n'était pas assez. Elle relit la lettre qu'elle vient de recevoir. « Je ne serais pas fâché de quitter Paris car le théâtre m'ennuie, le beau monde me fait horreur, et ce n'est pas une vie que de ne pas bouger. »

Après la Normandie, déjà tout ça s'est bouclé comme un nœud marin. Yersin ne passera pas le restant de sa vie devant les éprouvettes. L'œil collé au microscope au lieu de l'horizon. Il a besoin d'air. De silence et de solitude. Et voilà pourtant que Roux, qui décidément comprend mieux les bacilles que les hommes, pensant lui faire honneur, dès son retour le charge du cours de microbie.

Pour Yersin, adepte d'une manière de maïeutique, rien de ce qui peut s'enseigner ne mérite d'être appris, même si toute ignorance est coupable. Toute sa vie il demeurera un brillant autodidacte et n'aura que mépris pour les besogneux. Il suffit de savoir observer. Si on ne sait pas on ne saura jamais. Entre ces deux-là grandit l'incompréhension. « Ce qui a causé une engueulade de plus de deux heures. »

L'orphelin de Confolens sermonne celui de Morges, en appelle au devoir du pasteurien. Mais enfin nom de Dieu des milliers vendraient leur sœur pour être à ta place et toi, Yersin… Les mots lui manquent devant ce jeune homme timide et promis au plus bel avenir, son regard dur et bleu. La recherche scientifique pour lui comme le violon. Un dilettante de génie touché par la grâce. L'oreille ou l'œil absolus et la chance aussi sans quoi le talent n'est rien. C'est Mozart qui choisirait de se faire bûcheron. Rimbaud marchand de café de Moka ou de fusils de Liège. Et celui-là le bassine avec le récit de son voyage à bicyclette et ses parties de pêche au chalut. Roux se dit que peut-être il a tiré le mauvais cheval. Que Yersin fut une comète. Et qu'à vingt-six ans, comme parfois les mathématiciens et les poètes, sa lumière déjà s'est éteinte.

une grande tour en fer
au centre du monde

Pourtant le cours est une réussite. Yersin prononce les quelques mots indispensables. Le reste suppose de savoir observer. Devant chacun, un assistant, avec des airs de prestidigitateur ou de maître d'hôtel, dépose le plateau en zinc, soulève la cloche en verre. On manipule avec des gants quelque rongeur mort d'une de ces infections au programme. Les seringues percent la fourrure. On étale les gouttes de sang pollué sur des lamelles et glisse ça sous le microscope.

Roux avait dispensé les deux premiers cours de microbie et Yersin est en charge des deux suivants. L'annonce a circulé pendant des mois dans les revues médicales et les journaux du monde entier. C'est l'époque nouvelle du câble sous-marin. Des médecins empruntent l'échelle de coupée des paquebots, débarquent dans les ports transatlantiques de Bordeaux, de Saint-Nazaire et de Cherbourg. Dans les gares maritimes ils prennent le train pour Paris. Ces cours d'été coïncident avec l'Exposition universelle, et le centenaire de la Révolution française qui fut l'apogée des Lumières.

Paris devient la capitale mondiale de la médecine, et en son centre le tout nouvel Institut Pasteur en briques rouges est le phare du Progrès. Tout est neuf, les parquets cirés et la faïence étincelante des paillasses. Pierres meulières et façade Louis XIII. L'idée germe déjà de créer des Instituts Pasteur à l'étranger et de lancer des campagnes de vaccination préventives et curatives. Devant Yersin, dans la grande salle éclairée par les hautes fenêtres à petits carreaux, se rassemblent des médecins hospitaliers français mais aussi un Belge, un Suédois, un Cubain, trois Russes, trois Mexicains, un Hollandais, trois Italiens, un Anglais, un Roumain, un Égyptien et un Américain. Si l'on compte bien : douze nationalités et pas un Allemand. Voilà qui ne présage rien de bon.

On aperçoit parfois dans la cour gravillonnée, plantée de jeunes marronniers, le vieil hémiplégique en redingote noire et nœud papillon, déjà légende vivante, qui s'assoit au soleil sur un banc. On essaie de se faire photographier en sa compagnie. On affichera ça dans la salle d'attente auprès du certificat de pasteurien. Pour Yersin c'est la plaie. « C'est très ennuyeux et cela prend un temps inouï. À ma première leçon, il y avait M. Pasteur, M. Chamberland et beaucoup d'autres gens intimidants. M. Pasteur a été, paraît-il, satisfait. »

Après les cours, le jeune homme s'en va marcher seul sur les quais de la Seine. La barbe noire et l'œil bleu. Au printemps vient de paraître sa troisième publication, sur la diphtérie. Le génie de Yersin n'est pas déclinant et la lumière ne s'est pas éteinte. Premier habitant de l'Institut, il a choisi la plus belle chambre d'angle, pleine de lumière, il aime le confort quand c'est possible. Il a lancé les étuves et les autoclaves, réceptionné les livraisons de verrerie. Cet été on érige la statue de Danton au carrefour de l'Odéon pour le centenaire de la Révolution. Au Champ-de-Mars, et tout au long du quai d'Orsay, sont exposés les progrès des sciences et des techniques, et de la civilisation autant dire de la France, déployant sur le monde les grandes ailes blanches de son génie. Sur l'esplanade des Invalides, les ministères de la Guerre et des Colonies ont financé la reconstitution de villages sénégalais ou tahitiens, tunisiens ou cambodgiens, déplacé des populations afin d'évoquer ces contrées lointaines et les confins de l'Empire. Tout cela se voudrait universaliste et fait preuve d'un grand nationalisme. C'est toujours le paradoxe de l'universalité française, pour un Suisse, déjà dans leur Déclaration : cette idéologie française qui paraît toujours à ce point curieuse aux étrangers qu'elle montre bien, par là même, qu'elle ne l'est pas tant que ça, universelle.

Dans la Galerie des machines, Yersin ouvre son carnet et tout cela le captive autant que la médecine : les mines et la métallurgie, les machines-outils, l'embouteillage des eaux minérales, le génie civil et les travaux publics. Voilà comment il conçoit l'étude. Il suffit d'observer et Yersin observe beaucoup.

Plus tard il s'occupera des machines comme des cerfs-volants, de les démonter, de les remonter, de les améliorer, c'est toujours plus sûr que de lire les notices. Les temps sont à l'optimisme résolu. Gustave Eiffel et Jules Verne. Le premier roman de Jules Verne était une dénonciation du Progrès, un roman d'anticipation apocalyptique, *Paris au XXe siècle*, l'art et la littérature détruits et humiliés par la science et la technique. Échec total. Soyez plus positif, lui conseille Hetzel le malin, fini le romantisme noir. Chantez la science et les machines. Jules Ferry. L'Instruction publique. La fable du cartésianisme. Et c'est le Quatorze Juillet du Centenaire. Un siècle après qu'ils ont pris la Bastille, et illuminé le ciel de Paris en incendiant les dépôts de poudre, les Français assagis prennent l'ascenseur, montent contempler Paris du haut de la grande tour en fer qu'on inaugure, et applaudir au pacifique feu d'artifice.

Les médecins du monde repartent vers leur pampa ou leur taïga avec une petite tour Eiffel en laiton et la photographie dédicacée de Pasteur, une jarretière peut-être aussi, souvenir ému du Moulin-Rouge ou des Folies-Bergère. Yersin referme son carnet : « J'ai fini mon cours hier avec un grand soupir de satisfaction. Les élèves peuvent venir encore mettre en ordre leurs bibelots, puis le laboratoire sera tout à fait tranquille. » Pasteur obtient pour lui les palmes académiques. Indifférent au colifichet, il glisse ça dans sa poche pour l'offrir à Fanny.

Il n'y aura pas dans le monde entier d'Instituts Koch, pas de grande tour en fer à Berlin ni d'Exposition universelle. Bismarck est empêtré dans ses déboires africains. La pression monte encore d'un cran sous les casques à pointe démunis de soupapes. Où l'on se demande si c'est bien la peine d'avoir gagné la guerre, et capturé à Sedan l'empereur de ces emmerdeurs. Parce que entre Paris et Berlin, quelque part entre Pasteur et Koch, il y a Sedan.

À son retour à Morges, à la fin de l'été, Yersin est un héros local, pas tant pour ses travaux sur la tuberculose et la diphtérie – sujets dont on ne parle pas à table, précise Fanny pour les jeunes filles – que pour avoir assisté aux deux inaugurations parisiennes les plus commentées dans la Suisse romande, celle de l'Institut Pasteur et celle de l'Exposition universelle. Fanny invite les échotiers à la Maison des Figuiers au bord du Lac. On prend le thé au petit salon fleuri. Au mur la médaille de bronze et les palmes. Elle profite de l'occasion pour organiser un cours de maintien et un exercice de papotage pour les guenons. Yersin dit les villages du monde entier, les machines, les quatre restaurants suspendus, un dans chaque pilier à croisillons boulonnés, et qu'il est monté pour cinq francs jusqu'au troisième étage de la grande tour en fer. Et la mode ? A-t-il rapporté des brochures ? Yersin repose sa tasse sur le nappe-ron brodé, ajoute d'une voix douce et énigmatique :

– Et puis surtout j'ai vu la mer.

Fanny hausse les épaules.

La mer.

un médecin de bord

Pasteur et Roux doivent bien se rendre à l'évidence. Ils ne vont pas ficeler Yersin à sa paillasse. Mieux vaut trouver une solution amiable, et conserver le bouillant chercheur dans le giron de la maison tout en le laissant prendre le large. Que jeunesse se passe. Et puis comme Ulysse un jour. De mauvaise grâce, Pasteur dicte une lettre de recommandation : « Je soussigné, directeur de l'Institut Pasteur, membre de l'Institut, Grand-Croix de la Légion d'honneur, certifie que M. le docteur Yersin (Alexandre) a rempli les fonctions de préparateur au laboratoire de Chimie physiologique à l'École des Hautes études, puis à l'Institut Pasteur, depuis le mois de juillet dix-huit cent quatre-vingt-six jusqu'à ce jour. Je me plais à constater que M. Yersin s'est toujours acquitté de ses fonctions avec le plus grand zèle et qu'il a publié, pendant son séjour à mon laboratoire, plusieurs travaux qui ont été accueillis favorablement par les savants compétents. » La lettre est adressée au siège des Messageries Maritimes à Bordeaux, accompagnée de la candidature de Yersin à un poste de médecin embarqué.

La réponse de la compagnie est chaleureuse et spontanée, et, quitte à organiser un mouvement du personnel médical, on lui propose de choisir la région du monde qui lui convient. Yersin choisit l'Asie. La compagnie compte bien faire de son recrutement un argument commercial :

– Savez-vous, cher ami, que pendant cette traversée je fus examiné par l'un de ces jeunes pasteuriens et nous nous entretînmes de ce cher vieux Pasteur…

Pendant quelques semaines, Yersin fréquente à nouveau les hôpitaux de Paris afin de se préparer et de ne rien laisser au hasard, acquiert des compétences qu'il avait jusqu'alors négligées, maladies de peau, petite chirurgie, ophtalmologie. Il achète une trousse de généraliste et une malle cabine en osier, où il serre ses livres et le microscope de Carl Zeiss, une paire de jumelles de marine et tout un matériel de photographe, les bacs, un agrandisseur, les flacons de produits révélateurs et fixateurs. Il prend le train pour Marseille où sont le long des quais les anciens parapets.

Le cours de microbie est confié à Haffkine, jusqu'alors bibliothécaire de l'Institut, un juif ukrainien, un autre orphelin adopté par la petite bande des pasteuriens. Nous le retrouverons à Bombay, Haffkine, au cœur d'une de ces polémiques dont le monde scientifique est friand. Yersin s'assoit dans le train pour Marseille. Il vient de passer cinq ans à Paris. Il y reviendra de temps à autre. Plus jamais ne vivra dans cette ville.

à Marseille

L'espace aérien n'est pas sûr, en ce dernier jour de mai quarante. Déjà dans l'après-midi, des Stukas plus rapides, et volant plus haut que la petite baleine blanche, sont venus parader en piqué et toutes sirènes hurlantes, avant d'aller faire demi-tour au-dessus de la Méditerranée pour regagner leur base. Ici quatre ans plus tard, à la fin de la guerre, dans le ciel bleu de juillet, disparaîtra Saint-Exupéry aux commandes de son Lightning, un autre habitué du Lutetia, le dernier survivant de la bande à Mermoz.

La petite baleine blanche décrit un arc avant de se poser sur l'étang de Berre. Ses flotteurs rayent la surface de l'eau et lèvent une gerbe d'écume scintillante. L'habitacle oscille et puis se stabilise. On gagne le ponton. Les nouvelles ne sont pas bonnes. À Paris, l'aéroport est fermé. La Luftwaffe pilonne les routes et les ponts. L'équipage est inquiet. On parle des stalags. Certains navigants déserteront en bout de ligne, les plus courageux deviendront pilotes de chasse, rejoindront des escadrilles à Alger ou Brazzaville. Après le plein de carburant, on décolle pour Corfou qui est la prochaine étape sur la route pour l'Asie. La petite baleine blanche survole le port de Marseille au couchant. Yersin voit sous les ailes les navires à quai comme de longs poissons. Cinquante ans plus tôt, presque jour pour jour, il marchait le long de ces môles tout en bas. Il venait embarquer à bord de l'*Oxus*.

On ne pouvait encore imaginer, en cette année quatre-vingt-dix, l'explosion, vingt-quatre ans plus tard, d'un conflit qu'on appellerait la Grande Guerre, puis bientôt la Guerre mondiale, et depuis quelques jours la Première Guerre mondiale. On ne pouvait imaginer non plus l'essor de l'aviation. Merveilleuse invention qui permet de réduire les distances et de bombarder les populations. Avant la Première Guerre, Yersin avait hésité à acheter un avion. Il s'était rendu spécialement à l'aérodrome de Chartres pour y effectuer son premier vol et discuter les prix, avait envisagé de tracer une piste d'atterrissage à Nha Trang, et finalement avait abandonné l'idée, était passé à autre chose. Il est souvent comme ça, Yersin. Du coq à l'âne. Il ne sera pas longtemps marin.

Pendant que Clément Ader fait décoller le premier avion du monde et invente le mot, Yersin descend en gare Saint-Charles du train en provenance de Paris. Il a vingt-sept ans. Il marche sur la Canebière jusqu'au Vieux-Port et voit la mer pour la deuxième fois. Les eaux sont plus bleues qu'à Dieppe, les vagues plus molles. Il marche dans le port de Marseille et ça n'est pas rien, la porte du vaste monde. Quinze ans plus tôt, Conrad entame ici sa carrière de marin. Dix ans plus tôt, Rimbaud embarque pour la mer Rouge et l'Arabie. Brazza est reparti pour le Congo quelques mois plus tôt. Un porteur à ses côtés pousse sur un diable la malle cabine en osier où sont serrés la trousse d'instruments et le microscope, les jumelles de marine et le matériel photographique. Yersin monte à bord de l'*Oxus* en partance pour l'Extrême-Orient. On lui remet le *Règlement des bords*.

Sur chaque paquebot des Messageries Maritimes, la consultation médicale journalière est annoncée par une cloche. Le médecin ne reçoit d'ordres que du capitaine et prend les repas à sa table. Il gère la pharmacie du bord qu'il reconstitue à chaque escale. Il lui revient aussi de vérifier la propreté des cuisines et la fraîcheur des denrées. Un infirmier est à son service, qui lui ouvre sa cabine de première classe, cuivre et bois verni, lui remet son uniforme blanc aux cinq galons dorés dont il ajuste les plis devant un miroir. Yersin aime l'ordre et le luxe, parce que le luxe c'est le calme. Que le pire dans la misère exécrée c'est de toujours être importuné. De ne jamais pouvoir être seul.

Le navire embarque plusieurs centaines de passagers, cette fois à fond de cale une troupe de soldats vers leur garnison du Tonkin, protectorat français depuis sept ans. En seconde des moines bénédictins et des sœurs de la Charité que Dieu appelle en Chine. Le lot habituel, en aller simple, de têtes brûlées, d'escrocs, d'investisseurs ruinés, de maquereaux et de fils de bonne famille, qui s'en vont voir si leur vie ne serait pas plus supportable aux colonies. Sur le quai à nouveau, Yersin met une main en visière sur son front et prend la mesure du mastodonte à contre-jour. Autre chose qu'un chalutier normand. La haute muraille en fer maintenue à quai par les haussières, cent vingt-cinq mètres de long. Les chauffeurs allument les chaudières et font monter la pression. Les officiers descendus à terre pour la dernière soirée s'installent aux terrasses ensoleillées. Le long des bassins, à l'écart, un brillant jeune homme en uniforme blanc aux cinq galons dorés respire à pleins poumons l'air du large et de l'aventure, un milord que quelque gouailleuse sans doute invite à découvrir dans sa soupente d'autres horizons. Il se demande si Mina Schwarzenbach imaginait déjà tout ça.

en mer

Des mouchoirs blancs agités peut-être par quelques épouses délaissées encombrées de marmots. Les cuivres d'une harmonie et les hymnes d'une chorale en adieu aux missionnaires. Le grand paquebot sous pavois multicolore, de la proue à la poupe, déborde du quai, évite dans la rade. Et pour la première fois, Yersin connaît l'acception maritime des deux verbes.

On gagne le large en fin d'après-midi. Notre-Dame-de-la-Garde a fini de rapetisser derrière le sillage. La lumière du soir rosit la coque et jaunit le plumage des mouettes à la traîne. Le vent forcit, la mer se hérisse. Les passagers gagnent les salons. Mah-jong en première et belote à l'entrepont. C'est alors trente jours de navigation de Marseille à Saigon.

La première escale est Messine, puis la Crète. Jusque-là c'est presque du cabotage, et enfin commence la traversée plein sud de la Méditerranée, vers Alexandrie où, sept ans plus tôt, est mort le jeune pasteurien Thuillier en étudiant l'épidémie de choléra. Yersin assure dans sa cabine la petite bibliothèque au moyen des cadres de bois verni, les ouvrages médicaux et le dictionnaire de langue anglaise, ouvre ses carnets, écrit ses lettres à Fanny. Un matin depuis la passerelle, il surveille l'approche des sables blonds et des palmiers étiques, bientôt distingue un premier minaret puis un premier chameau : ainsi que Flaubert dès l'Égypte il se met « une ventrée de couleurs comme un âne s'emplit d'avoine ».

L'*Oxus* s'engage dans le jeu des écluses. Lorsque Yersin entre dans le canal de Suez, en ce printemps quatre-vingt-dix, l'explorateur anglais Henry Stanley, le héros du Congrès de Berlin cinq ans plus tôt, l'homme qui a retrouvé Livingstone, et traversé l'Afrique de part en part, est enfermé depuis trois mois dans une villa du Caire. Il y rédige le récit de son expédition en Équatoria à la recherche d'Emin Pacha, son retour par Zanzibar, intitule ça *Dans les ténèbres de l'Afrique*.

Des milliers de kilomètres plus au sud, Brazza et Conrad, chacun à bord d'un vapeur, remontent le fleuve Congo. Et le capitaine anglais, qui fut polonais avant d'être marseillais, placera *Au cœur des ténèbres* tout au nord du fleuve, aux Stanley Falls. Depuis cette ville du Caire, trois ans plus tôt, Arthur Rimbaud le renégat de la petite bande des parnassiens, enfermé avec son domestique Djami Wadaï dans une chambre de l'hôtel de l'Europe, écrivait encore à sa sœur que l'Égypte ne serait qu'une escale. « Peut-être irai-je à Zanzibar, d'où on peut faire de longs voyages en Afrique, et peut-être en Chine, au Japon, qui sait où ? »

Au sortir des rives monotones du canal, le navire pousse son bulbe d'étrave dans les eaux lisses et transparentes de la mer Rouge. C'est la découverte de la terrible chaleur, le métal surchauffé par le soleil blanc, les montagnes pourpres du Yémen et les quelques balises le soir à l'approche d'Aden. On sort la nuit sur le pont pour chercher le frais dans l'air immobile sous les étoiles plus scintillantes. Le carnet de Yersin est empli de phrases qu'on lirait chez Lowry dans *Ultramarine* : « On voit se détacher du rivage de grandes masses sombres, vaguement éclairées par de nombreux flambeaux aux flammes rouges, et de ces radeaux remorqués par un petit vapeur s'élève un chant rythmé, formé de quelques notes. Ce sont les charbonniers qui viennent remplir les soutes de l'*Oxus*. » Il achève son courrier pour Fanny : « Comme on se sent déjà éloigné de l'Europe ! »

Les troufions ont enfilé le short colonial et coiffé le chapeau de brousse. Ils font le matin sur le port leur gymnastique et leur prise d'armes. Après trois jours c'est le départ pour la plus longue étape. On lève l'ancre pour la lente descente de l'océan Indien, cap au sud-est vers Colombo. Les soutes sont pleines d'eau potable et de charbon, les cales emplies de tout ce qu'on ne produit pas encore à Saigon, des machines-outils, des armes à feu, des robes de soirée, des hectolitres de vinasse et de pastis et des machines à glaçons. Alourdi par tout ce fourbi sous le panache noir de ses cheminées, le bâtiment pèse de ses trois mille huit cents tonneaux sur les eaux vertes et parfois la pluie cinglante et brève et déjà le soleil fait reluire le bois mouillé.

On franchit le tropique et de loin en loin une île vierge au milieu de rien et son toupet de cocotiers et c'est Baudelaire du temps que l'alexandrin étincelait encore. Une île paresseuse où la nature donne des arbres singuliers et des fruits savoureux. Yersin a pris la mesure des lieux et de sa fonction, des centaines de mètres de ponts et du kilomètre des coursives et des échelles, le rythme de la cloche en cuivre de la consultation au début de l'après-midi. Un élégant Barnabooth en uniforme blanc qui assiste le matin au rapport des officiers de quart dans le carré du capitaine.

Le soir il reprend ses lectures médicales, étudie l'anglais. Les quelques Britanniques qu'il rencontre au salon des premières descendront à l'escale des Indes ou à Singapour, regagneront leurs plantations de Malaisie ou du Siam. Il apprend cette habitude des Anglais de construire des adjectifs avec des initiales, des acronymes. On invente cette année-là, sur les lignes maritimes, le mot « posh », qui signifie plus ou moins dandy ou très à la mode, à partir de « port out, starboard home », « bâbord aller, tribord retour », parce qu'il est très chic de modifier le bord de sa réservation en fonction de la direction du navire, afin de toujours jouir par son hublot, à l'aller comme au retour, du paysage changeant des côtes, quand les autres, ceux qui ne sont pas posh, et n'ont pas prévu le coup, ne voient que de l'eau.

Pendant ses promenades du salon à sa cabine, on est entré dans les mers du Sud. On a vu la jungle à Ceylan, la pluie chaude sur les grandes feuilles émeraude. En chemin vers Singapour, les vieux coloniaux un soir au salon, devant l'absinthe, lui ont dit l'histoire de Mayrena qui fut le roi Marie Ier. Un ancien spahi du corps expéditionnaire tourné aventurier, enfui dans les forêts, qui s'était découpé un royaume on ne sait trop où, quelque part en Annam, s'était proclamé roi des Sedangs avant d'être expulsé par les Français. On le dit retiré aujourd'hui par ici, sur l'île de Tioman, au milieu de sa cour déchue de porte-flingues qu'il a fait barons, de son cabaret de danseuses décaties aux fanfreluches roses arrivées de Bruxelles du temps de sa splendeur. Après Singapour on fait route au nord-est, longe le golfe de Siam au large de Bangkok, contourne le delta du Mékong pour atteindre, plus au nord, le cap Saint-Jacques.

La haute muraille du paquebot s'engage dans la rivière de Saigon à marée haute et la remonte sous le ciel bas et lourd, à deux ou trois nœuds, la marche d'un homme, pour ne retourner ni les jonques ni les sampans ni détruire les baraques à pilotis et les pêcheries bâties sur les rives au milieu des palétuviers. Une canonnière le précède. Les immigrants curieux et inquiets, accoudés au bastingage dans leurs vêtements poisseux, voient les cormorans en vol piqué plonger dans le bouillon brun hérissé de joncs. On se demande si enfin on trouvera ici la fortune, ou laissera sa vie pourrir au fond de ces rizières inondées. L'un d'entre eux peut-être, plus lettré et lecteur de Voltaire, parti pour les colonies comme on s'engage dans la Légion, chagrin d'amour ou échec à l'agrégation, se demande pourquoi l'*Oxus*, pourquoi avoir donné au navire le nom du fleuve de Transoxiane que Gengis Khan avait rougi du sang des Perses et empli de têtes coupées.

« Peu à peu on voit les palmiers devenir plus grands, puis on aperçoit des petits bois de cocotiers où jouent des singes. Enfin voilà quelques vastes prairies, puis nous arrivons devant des maisons européennes. L'*Oxus* tire un coup de canon, jette l'ancre : nous sommes arrivés. » Au loin les entrepôts, les stocks de charbon et de coton sous les prélarts, les alignements des tonneaux. Le quai est envahi de pousse-pousse et de victorias attelées de petits chevaux annamites. Les troufions en colonnes par deux se dirigent vers un casernement provisoire avant de gagner le Tonkin tout au nord sur la frontière de la Chine. De l'autre côté, les prêtres et les sœurs empruntent la rue Catinat qui monte droite depuis la Rivière vers le Plateau et la place Francis-Garnier, où se dressent les deux clochers neufs de Notre-Dame et la nouvelle Poste de Gustave Eiffel.

Assis à l'écart sur des ballots, et dans leurs poches les jeux de cartes et les couteaux, les marlous guettent les indécis à la traîne, ceux que personne n'accueille, les nouveaux arrivés de Marseille comme perdreaux de l'année à plumer dans les bordels et les fumeries de la ville chinoise. En compagnie des officiers du bord, Yersin visite l'Arsenal, s'assoit aux terrasses du Rex ou du Majestic. Des commerçants en costume blanc sirotent le soir des vermouths et des cassis. La ville de Saigon n'a pas trente ans. Elle est blanche et ses rues sont larges et tracées sur le modèle haussmannien, ombragées de caroubiers. À l'agence des Messageries, on remet au jeune médecin ses papiers constellés des tampons de la douane maritime et des services sanitaires : le docteur Yersin doit embarquer dans quatre jours à bord du *Volga*.

Il est affecté à la ligne Saigon-Manille.

vies parallèles

Le *Volga* est un vieux machin mixte à voile et à vapeur, gréé en trois-mâts barque, unique chaufferie centrale, un modeste bâtiment pour soixante-sept passagers et quelques tonnes de fret.

Chaque mois à l'aller, depuis Saigon, des négociants habitués de la ligne convoient les produits de l'Europe à destination des Philippins riches, vêtements de Paris et porcelaines de Limoges, carafes de cristal et vins fins. Au retour, ils rapportent en échange à fond de cale les produits de la sueur des Philippins pauvres, pains de sucre, cigares manilles et cabosses de cacao. De l'un à l'autre port, c'est trois jours et trois nuits sur la mer jaune et conradienne à la houle épaisse et molle, que la proue pousse devant elle comme une moue. Le paisible vapeur navigue avec la régularité d'un bac. À la passerelle, le capitaine François Nègre est un vieux routier des rafiots de l'Asie. Dès lors la vie de Yersin, pendant toute une année, prend une régularité de balancier.

Un tiers du temps il est à bord, un autre tiers il est en relâche dans Saigon la neuve, et le dernier dans la vieille Manille. L'une de ces villes des Espagnols chargées de siècles et du catholicisme flamboyant de l'or pur et des statues des saints sanguinolents, des ex-voto, des vierges polychromes couvertes de fleurs et de fruits et de gâteaux en offrande. Tout cela aussi étrange aux yeux d'un puritain vaudois que des fétiches vaudous. Au-dessus de la mer une cité fortifiée comme celles de Porto Rico ou de La Havane et des rues pavées et pentues, une cathédrale blanche aux deux clochers en fronton déjà mangés de pourriture noire et de mousse verte, quand les Français finissent à peine de bâtir, en briques rouges et neuves de Toulouse, Notre-Dame de Saigon.

Mais il a vite fait le tour de ces deux villes et s'en éloigne davantage à chaque escale. C'est un jeune homme organisé, Yersin, on le sait. Aux Philippines, chaque mois, il revient étudier l'astronomie auprès des pères jésuites de l'Observatoire, apprend l'utilisation du baromètre pour mesurer les altitudes, escalade le volcan Taal et se livre à ses travaux pratiques comme on construit des cerfs-volants. Il dessine à la plume le cratère du volcan. « Dans le fond deux lagunes d'un vert jaunâtre et desquelles se dégagent d'épaisses vapeurs blanches. Par-ci par-là, des petites colonnes de fumée qui sortent par des crevasses. » Il fait l'acquisition de l'une de ces barcasses qu'on appelle ici bancas, recrute un pilote, remonte les rivières, assiste aux combats de coqs dans les villages tagalogs.

Et chaque mois Lord Jim ou Yersin s'enfonce plus avant sur « un arroyo étroit et tortueux coulant au milieu d'une épaisse forêt tropicale ». C'est pour Fanny, sa seule lectrice, qu'il rédige ses premiers textes d'explorateur. « On avance sous un dôme de verdure, ajoute à cela la lumière de la lune, le silence de la nuit, les petites pirogues des pêcheurs tapies dans les recoins obscurs de la rivière, donnant un charme bizarre à cette scène. Nous embarquons le commandant, ses deux bébés et un sergent espagnol. À une heure du matin, nous sommes à Jala-Jala. » On fait demi-tour à l'aube. Le lendemain la banca est hissée au mât de charge à bord du *Volga* et calée sur le pont. On vire les haussières et envoie la vapeur. Yersin passe l'uniforme blanc aux cinq galons dorés et actionne la cloche, le soir au carré reprend le récit de ses journées pour le capitaine Nègre et les négociants attablés devant l'absinthe. C'est à nouveau le lent roulis du vapeur sur la mer huileuse. Parfois on met à la voile pour économiser le charbon ou honorer le souvenir des anciens. Seule la frêle barcasse est commune à sa double vie. Trois jours plus tard, elle est débarquée au retour à Saigon et mise à l'eau dans le port.

En Cochinchine, la banca philippine se fait sampan vietnamien. Yersin consacre son temps à caboter pareillement sur les rivières. Ses deux guides, Choun et Tiou, chargent des couvertures et des lanternes, des moustiquaires et le filtre à eau Chamberland, du riz et des canards aux pattes liées. « Les montagnes d'abord éloignées se rapprochent, la rivière s'encaisse de plus en plus. Le soleil est terriblement chaud au fond de cette ravine. » Le soir ils campent sur les rives, allument le feu, égorgent et plument les volatiles. La petite troupe remonte bientôt jusqu'à Biên Hòa et encore au-delà. Yersin rencontre là un planteur danois isolé, Jorgensen, prend l'habitude de son hospitalité de vieil ours. À son départ, celui-là lui confiera une liste d'achats qu'il attendra un mois. Depuis la terrasse de la maison de teck sur pilotis, on surplombe la houle verte de la plantation des poivriers, et voit « à ses pieds l'eau mugir parmi les rochers ». À l'horizon au matin les montagnes bleues. La rivière où viennent boire les éléphants, les cris des singes et le vacarme des oiseaux. C'est ici qu'il faudrait vivre, se retirer du monde. Avec Jorgensen, on pousse à deux jours de marche jusqu'aux premiers villages des Moïs.

Dans ses lettres, que Fanny inquiète commence à soustraire au regard des jeunes filles de la Maison des Figuiers, Yersin consigne ses premières notations ethnologiques, et que les Moïs « sont des gens de grande taille, fort simplement vêtus d'une ceinture. Leur visage diffère beaucoup de celui des Annamites. Ils ont souvent barbe et moustache, l'air plus fier et plus sauvage. Les villages sont formés d'une seule maison, mais immense, élevée sur pilotis. Chaque famille habite un compartiment à cloisons incomplètes. C'est la vraie vie commune.

L'argent n'a plus de valeur chez les Moïs. Ils préfèrent quelques perles de verre ou un anneau en cuivre ».

Yersin éprouve la fascination des solitaires irréductibles pour la vie en communauté, l'égalitarisme du communisme primitif et l'absence de la monnaie. C'est par là qu'il faudrait encore pousser plus avant, quitter l'eau, crapahuter dans les forêts, escalader la cordillère annamitique, la traverser. Avancer loin au-delà, vers chez les Sedangs ou les Jaraïs, où personne encore, ni même Jorgensen, n'est jamais allé. Ce Mayrena peut-être qui fut Marie Ier, mais celui-là cherchait de l'or ou de la gloire. Souvent Yersin ne redescend à Saigon que la veille du départ du *Volga*, pour y embarquer son sampan, qui trois jours plus tard redevient sa banca. Il retrouve le capitaine Nègre et les négociants. Quant à l'équipage, « il est un peu cosmopolite, vous y trouverez des Chinois, des Malais, des Cochinchinois ». Il n'imagine pas comme ceux-là passer sa vie sur la ligne, mais ne voit pas bien ce qu'il pourrait faire d'autre. Il atteint vite les limites géographiques de ces pérégrinations. Cela pourrait devenir aussi pénible qu'un cours de microbie.

Yersin n'est pas encore explorateur, jamais il n'est parti droit devant sans retour, n'a affronté les dangers, mis son existence en grand péril. Bientôt, dans le combat avec Thouk, une lance lui traversera le corps. Ses connaissances médicales lui sauveront la vie.

Cette année-là que Yersin passe à faire la navette sur la mer Jaune entre Manille et Saigon, c'est au printemps le dernier retour de Rimbaud dans le port de Marseille. La scie du chirurgien sur la jambe après les semaines de course en civière dans la rocaille, et sans soins ni produits pasteuriens. À bord du navire, le médecin des Messageries Maritimes en uniforme blanc est impuissant à son chevet. Les dernières phrases dans le délire, la grande scansion des dents d'éléphant comme tambours de brousse. Avant l'amputation, il avait écrit à sa sœur Isabelle : « Pourquoi au collège n'apprend-on pas de la médecine le peu qu'il faudrait pour ne pas faire de pareilles bêtises ? »

Albert & Alexandre

L'arrivée de Calmette à Saigon surprend Yersin.
Les deux hommes se rencontrent pour la première
fois. C'est Roux, depuis Paris, et sur le conseil de
Pasteur, qui organise leur rendez-vous.

Les deux hommes sont nés la même année mais
leur trajet fut inverse. Après avoir étudié la médecine
à l'École de santé navale de Brest, Albert Calmette a
suivi la campagne de Chine de l'amiral Courbet
à laquelle participait aussi Pierre Loti. Médecin
de marine, il a séjourné à Hong Kong, puis six
mois au Gabon où il a rencontré Brazza, deux ans
à Terre-Neuve puis à Saint-Pierre-et-Miquelon. Il
vient de suivre le cours de microbie de l'Institut
Pasteur qui l'envoie en Cochinchine. C'est un petit
nouveau dans la bande des pasteuriens.

Yersin accepte l'invitation par politesse et curiosité. Tout ça c'est son ancienne vie. Comme un
passage de relais entre la navigation et la recherche.
Lorsque Calmette entrait à vingt ans au service
de santé de la marine, Yersin était à Marburg et
n'avait jamais vu la mer. À présent c'est lui le

marin. Un an qu'il bourlingue sur le *Volga*. Les deux hommes sont assis dans un salon du Majestic, le palace blanc tout en bas de la rue Catinat. À présent Dong Khoi.

Fauteuils Empire à dorures et chasseurs en livrée. Vue sur la Rivière et les jonques comme aujourd'hui encore, en deux mil douze, cent vingt ans plus tard. Choisissons un fauteuil pour l'invisible fantôme du futur. Le scribe au carnet en peau de taupe qui séjournait sur les traces de Yersin au Zur Sonne de Marburg. Il tend l'oreille, épie et consigne la conversation des deux hommes de vingt-huit ans à la barbe noire bien taillée. Avec des précautions de conspirateurs timides, ces deux-là évoquent leur goût commun de la géographie, Loti et la pêche au cabillaud. Ils convoquent à Saigon le froid et la glace de Miquelon. C'est le militaire qui est en civil et le civil vêtu de l'uniforme blanc aux cinq galons dorés.

La grande ombre du Commandeur plane au-dessus des deux jeunes médecins, la haute silhouette morale en redingote noire et nœud papillon, les sourcils froncés, s'impose dans les propos de tous les pasteuriens. Chacun se souvient du jour de sa rencontre avec le Vieux et livre une anecdote. Tous connaissent l'œuvre et la vie de celui qui jamais ne fut médecin et vient de bouleverser l'histoire de la médecine. Le chimiste et cristallographe. Ils récitent les étapes de son succès depuis la maladie du papillon du ver à soie, la fermentation de la bière, la pasteurisation du vin et du lait, la découverte des bacilles du rouget du porc et du charbon du mouton jusqu'à la vaccination antirabique. L'inventeur d'une réalité à ce point insoupçonnée dans toutes les langues du monde qu'il avait fallu s'adresser à Littré, l'importuner dans son grand ouvrage du dictionnaire, lequel avait tranché, et jugé que « microbe et microbie sont de très bons mots. Pour désigner les animalcules, je donnerais la préférence à microbes, d'abord parce que, comme vous le dites, il est plus court, puis parce qu'il réserve microbie, substantif féminin, pour la désignation de l'état du microbe ».

À les voir ainsi penchés l'un vers l'autre, on dirait deux militants clandestins de quelque groupuscule révolutionnaire, murmurant dans leur langage codé les rêves de surlendemains meilleurs. Ça doit être de la fraternité. Le plus impressionné sans doute est Calmette. Il a devant lui Yersin que sa découverte de la toxine diphtérique met au premier rang des savants. Roux l'a mis en garde à Paris. Yersin est un original, un solitaire parti faire le marin ou l'aventurier. Calmette lui confie qu'on l'envoie ici créer un Institut Pasteur et lui propose de travailler à ses côtés. Yersin n'avait pas vu le coup venir et se raidit. C'est la bande à Pasteur qui le rattrape. Calmette n'a pas encore de locaux à Saigon. Il compte ouvrir son laboratoire de recherche dans un coin de l'hôpital.

Pour ce faire, il vient d'intégrer le Corps de santé colonial qui est sous autorité militaire. C'est aussi une petite menace concoctée à Paris par Roux et Pasteur. Yersin hésite, parce qu'il craint de devoir se mettre en règle un de ces jours avec les autorités françaises. Il a sollicité sa naturalisation et depuis n'a jamais effectué son temps sous les drapeaux. Mais tout ça pour lui c'est fini. C'est son ancienne vie. Yersin se lève et les deux hommes se serrent la main. Peut-être ne se reverront-ils jamais. Quelque chose pourtant qui pourrait vite devenir de l'amitié, on le sent bien. « Il a fait tous ses efforts pour me convaincre d'entrer dans son Corps, mais les arguments d'hier existent encore aujourd'hui, aussi je ne suis pas décidé. »

Yersin quitte le salon du Majestic et marche en direction du bureau des Messageries, les mains dans les poches. C'est à deux pas, le long de la Rivière. On dépasse le Mât de sémaphore, le Thu Ngu, tendu de haubans, franchit un petit pont sur l'arroyo. Yersin embarque à bord du *Volga* et reprend son service, sonne la cloche. Calmette regagne sa chambre à l'étage. Ces deux-là ne savent pas encore à quel point leurs vies seront liées, et qu'ils vont entretenir une correspondance pendant plus de quarante ans. Le capitaine Nègre a fait hisser sur le pont la banca. Yersin reprend sa vie aventureuse et ses espoirs de baroudeur.

Le soir en mer, peut-être qu'il hésite encore. Il se souvient des projets exposés par Calmette. Étudier la fermentation alcoolique du riz, l'action analgésique de l'opium, et les venins pour guérir les morsures mortelles des serpents. Calmette aura le succès qu'on sait. Plus tard, dans le vaccin BCG, le C central sera son initiale. On connaît aujourd'hui l'hôpital Calmette de Phnom Penh non loin du Vat Phnom et de l'Institut Pasteur. Il aura œuvré à répandre ceux-là partout sur la planète comme par scissiparité ou métastase. Avant d'ouvrir celui de Lille, il aura créé les deux premiers Instituts hors de France. Ou hors de la métropole. Puisque alors Saigon, ou Lille ou Alger, c'est encore la France.

en vol

C'est toujours le cas en quarante. Même si l'on sent bien que cette défaite en huit jours face aux armées nazies augure mal de la survie de l'Empire. La France est envahie pour la troisième fois en moins d'un siècle. Le vieillard de soixante-dix-sept ans, la barbe blanche et l'œil bleu, somnole dans l'avion qui survole la Méditerranée. Deux jours après Marseille, le LeO H-242 décolle de l'aérodrome d'Athènes. La petite baleine blanche vibre au milieu du grand bleu, laisse Chypre sous son aile gauche, dans le bourdonnement des quatre moteurs de nouveau modèle Gnôme & Rhône, rassemblés en haut d'une cheminée aérodynamique en arrière du cockpit.

Yersin consigne l'information. Gnôme & Rhône.

Il vient d'assister à Paris au dernier congrès des Instituts Pasteur avant longtemps. Il a reçu les adieux des chercheurs dans la cour gravillonnée où se voit la tombe de Roux. Calmette et Roux sont morts depuis sept ans. Il a rendu hommage aux disparus, serré la main du vieux concierge, Joseph Meister, le premier homme sauvé de la rage, maintenant âgé de soixante-quatre ans.

Sans doute Yersin se demande pourquoi lui vit toujours. Combien de guerres encore il devra endurer. Il se souvient des deux frères Calmette, l'aîné Gaston, le journaliste, auquel Proust avait dédié le début de *La Recherche*, et le jeune Albert qu'il avait vu pour la première fois au Majestic de Saigon. Dix ans plus tard, Roux lui écrivait : « Calmette doit s'arranger pour que nous rencontrions Sarraut chez son frère. » On pensait alors au ministre Sarraut comme prochain gouverneur général de l'Indochine. Dans cette même lettre, Roux notait : « Rien de neuf à l'Institut. Ici on est préoccupé des pourparlers franco-allemands au sujet du Maroc. »

L'aîné, Gaston Calmette, fut abattu au pistolet dans son bureau de directeur du *Figaro* par la femme d'un autre ministre, Caillaux. C'était au printemps quatorze, juste avant l'assassinat de Jaurès et la guerre. Encore une fois, Yersin essaie de fuir toute cette saleté de la politique et d'être seul. Même si, de sa vie, il ne parvint jamais à s'éloigner vraiment de l'Institut et de la petite bande des pasteuriens. Il surveille un trait blanc et ocre à l'horizon du bleu uniforme. La silhouette des monts du Liban.

À l'époque de Mouhot, le découvreur des temples d'Angkor, en l'année soixante de l'autre siècle – l'année où Pasteur entame son grand combat contre la génération spontanée et gagne, depuis Chamonix, la mer de Glace pour y effectuer ses relevés d'air pur –, c'était encore, pour atteindre l'Asie, le long détour par le cap de Bonne-Espérance. Trois mois de mer à la voile. Trente ans plus tard, le premier voyage de Yersin à bord de l'*Oxus* s'était effectué à la vapeur et par le canal de Suez, et ça n'était plus que trente jours. En ce printemps quarante, en avion c'est huit jours. En l'espace d'une vie d'homme, la citrouille est devenue melon puis mandarine.

Depuis six ans qu'il est un habitué de la ligne d'Air France, il sait le poème aérien qu'il égrène : après Athènes c'est Beyrouth, Damas, Bagdad, Bouchir, Djask, Karachi, Jodhpur, Allahabad, Calcutta, Rangoon, Bangkok, Angkor puis Saigon. Une bonne dizaine de décollages et d'atterrissages au départ de Paris. Des étapes comme des sauts de puce. À plein régime, la petite baleine blanche en duralumin anodisé progresse à deux cents kilomètres-heure. C'est plus lent qu'un train aujourd'hui. Mais c'est alors l'incroyable vitesse qui sous la carlingue, à faible altitude, fait rouler le globe.

Il faut toujours qu'il sache tout, Yersin. Sa mémoire des lieux, des noms, comme des nombres, est insatiable. Il consigne les horaires, le nom du pilote (Couret) et de l'officier mécanicien (Pouliquen), l'état du ciel et les météores, relit de vieux carnets ou par ennui reprend la mécanique des notes. Manie d'explorateur et de chercheur, il a déjà empli au cours de sa vie des centaines de carnets. Asseyons-nous à son côté, fantôme au stylo du futur, lisons par-dessus son épaule, recopions dans le calepin à couverture en peau de taupe. Cette page par exemple, qui semble être le trajet d'un drone espion en prévision d'une invasion de l'Iran :

Djask – dép. à 0 h 55. Vol à 1000 m
1 h 50 – Pointe des Pirates ?, entrée du golfe Persique.
2 h – Petits villages sur rochers en bord de mer. Eau de la mer vert émeraude, tout contre rivage. Palmeraies. Barques. Rochers couleur grise.
3 h – Presqu'île désertique avec villages et palmeraies. Bateaux sur la mer.
3 h 40 – Plaine à l'E. moins désertique. Villages nbx (Chira), à peu près à mi-distance entre Djask et Bouchir.
5 h – Survolé à 1000 m plaines ou des montagnes rapprochées. Villages nombreux. Rivière presque à sec du N.O. au S.E. Chemin de communication.
5 h 30 – Large vallée orientée S.E. avec grande rivière. Damiers de cultures.
6 h 30 – Arrivée à Bouchir, t = 27°.

Dans ces premiers jours de juin quarante, à chaque escale on cherche des nouvelles et s'inquiète de la situation militaire. On apprend que les Alliés ont rembarqué à Dunkerque leurs troupes défaites. Les ports français sont pilonnés. À Saint-Nazaire, des milliers d'évacués ont péri dans l'incendie du paquebot *Lancastria* de la Cunard. L'Angleterre se retrouve seule face à l'Allemagne. L'Italie entre en guerre. Chaque jour Yersin s'éloigne davantage du brasier de l'Europe. À Calcutta, le jour saigne sur le Gange. Il voit le lacis de pourpre et d'or du delta au couchant. Il lui tarde d'atteindre Nha Trang. Il pourrait bien mourir en vol, être enterré au hasard d'une escale. Au lieu d'une basilique, on élèverait là un Institut. Il compte les jours et les décollages comme un écolier avant l'été. Voilà près de cinquante ans que toujours il retourne à Nha Trang et c'est là qu'il veut mourir. On prononce Nia Trang, précise-t-il dans ses courriers. Il explique à ses correspondants qu'Alexandre de Rhodes, l'auteur au dix-septième siècle du *Dictionnaire portugais-annamite-latin*, était un jésuite avignonnais, et utilisait la langue d'oc et le h mouillé. Nia Trang. Il faut toujours qu'il sache tout, Yersin.

C'est à l'amitié d'un autre commandant des Messageries Maritimes, le capitaine Flotte, le Nazairien, que Yersin doit d'avoir pu découvrir Nha Trang.

D'avoir mis pied à terre au paradis.

à Haiphong

Dans la marine, on ne choisit pas son affectation. Pour la compagnie, la desserte des Philippines n'est plus rentable. Après une année à bord du *Volga* sur la ligne de Manille, Yersin est muté d'office, envoyé médecin sur la nouvelle ligne de Haiphong, à bord du *Saigon* deux fois plus petit encore que le *Volga*.

C'est un modeste cargo mixte pour trente-six passagers qui effectue son lent cabotage en mer de Chine. Jamais plus d'une journée ou d'une nuit en mer. Une sinécure. Comme à bord d'un immense paquebot en haute mer, la loi maritime exige sur la barcasse la présence d'un médecin en uniforme blanc aux cinq galons dorés. De loin en loin un panaris ou une migraine. Seul le capitaine Flotte, au teint cireux derrière la fumée de sa bouffarde, pourrait inquiéter Yersin. Le capitaine hausse les épaules. Depuis le temps qu'il bourlingue dans ces parages, il est increvable, la preuve. Yersin est désœuvré. « On longe la côte à deux-trois miles en moyenne, de sorte qu'on a sous les yeux un paysage qui varie continuellement. Je me suis amusé à prendre en croquis le profil des montagnes devant lesquelles nous passons afin de savoir reconnaître le pays au prochain voyage. Le commandant m'a dit de faire ce petit travail sur la passerelle et m'a prié de lui en remettre une copie, car les cartes marines de ces côtes sont très mal faites. »

Depuis dix ans que, sur l'ordre de Jules Ferry, la flotte de l'amiral Courbet, et parmi ses officiers Loti, s'est emparée de l'Annam et du Tonkin, seule la bande côtière est connue des Français. Pour relier par voie de terre ces deux provinces à la Cochinchine, il faudra bien un jour les cartographier. Cette ligne commerciale qui vient d'ouvrir est encore le seul moyen de relier les deux capitales coloniales de Saigon et de Hanoi. Chaque matin, le médecin passe autour de son cou la lanière des jumelles de marine, sort ses crayons et le papier à dessin. Les passagers tout aussi désœuvrés ont pris le pli des Anglais, et les plus riches sont devenus posh, louent une cabine sur la gauche du navire, bâbord, au départ de Saigon, puis tribord au départ de Haiphong. Seuls le capitaine Flotte et Yersin jouissent depuis la passerelle d'une vision panoramique.

À l'aller comme au retour, le navire mouille l'ancre au fond d'une baie calme et ensoleillée. On active les bossoirs, met à l'eau les périssoires, pose les dames de nage, et livre quelques caisses dans un village de pêcheurs. « Le premier point où l'on s'arrête après Saigon est Nha Trang, il faut vingt-huit heures pour y arriver. » Yersin dessine les cocotiers très verts balancés et le sable qui scintille. « Nous sommes le seul navire qui stationne dans la magnifique baie. »

Depuis Nha Trang, on remonte vers le nord et le ciel à mesure est plus gris, jusqu'à l'embouchure du fleuve Rouge et le port de Haiphong. Là des jonques embarquent les passagers et les mènent à Hanoi. Yersin achète une embarcation et reprend, comme à Manille et Saigon, ses navigations aller-retour en eau douce sur les bras du delta. Une semaine plus tard, on redescend vers le soleil et le sud. Yersin actionne la cloche de la consultation. « Les passagers sont bien parfois un peu rasants, mais c'est l'une des misères de l'existence. » À bord parfois de grandes femmes blanches de colons comme des juments perlées de sueur qui s'évanouissent de chaleur. Mais c'est le capitaine Flotte lui-même qui ne va pas très bien, et de temps à autre doit se retenir au bastingage. Pas du genre à faire sa mijaurée, le capitaine, plutôt à hausser les épaules et rallumer sa bouffarde. Si Yersin le déclarait malade, on pourrait bien le débarquer. Quitte à crever il aimerait autant que ce soit en mer. Les deux hommes deviennent amis puis complices. Yersin équipe le *Saigon* d'un filtre à eau Chamberland.

À force de passer chaque fois devant Nha Trang et de chaque fois s'émerveiller, Yersin obtient de descendre à terre avec les marins chargés de la livraison. C'est l'éblouissement de la végétation dans l'arrière-pays, que surplombent les sommets des montagnes brumeuses à cinquante kilomètres à vol d'oiseau. Au carré, les deux hommes reprennent le soir leurs conversations. Personne n'a jamais franchi ni cartographié la cordillère. Le capitaine sent bien que celui-là son avenir n'est pas en mer. Il enfreint la règle et l'autorise de loin en loin à demeurer à Nha Trang, prend le risque de se priver de médecin. Yersin arpente la campagne, s'entraîne à marcher sans souliers. Ça n'est pas encore de l'exploration. Sur la passerelle il s'entraîne aussi, apprend auprès du vieux capitaine à utiliser un sextant et faire le point. Dans sa cabine, il étudie la nuit la géodésie, et accumule les connaissances mathématiques nécessaires à des observations astronomiques.

Sur cette ligne monotone Saigon-Haiphong, son cabotage fastidieux, Yersin prépare, grâce au capitaine Flotte, son avenir de cartographe et d'explorateur. Rendons hommage au brave marin Flotte parmi les milliers de braves marins oubliés, célébrons ce capitaine Flotte, le Nazairien. Toute une vie sur l'eau à labourer toutes les mers et tous les océans, pour finalement rejoindre, depuis le port de Saint-Nazaire où il est né, celui de Bordeaux, où il meurt à l'hôpital des maladies tropicales.

un médecin des pauvres

Après Calmette c'est Loir. Yersin sent bien qu'on ne va pas lui lâcher la grappe. Adrien Loir, le propre neveu de Pasteur. L'un des tout premiers dans la petite bande des pasteuriens. Ils ont le même âge, ils ont été préparateurs ensemble rue Vauquelin avant la construction des bâtiments de la rue Dutot. Sur le conseil de son oncle, Loir lui fait parvenir télégramme sur télégramme au bureau de la compagnie à Saigon qu'il trouve à chaque escale.

On l'a envoyé en Australie créer un Institut Pasteur, tenter de détruire les lapins envahisseurs avec le microbe du choléra des poules. Il vaccine aussi les chiens et les dingos contre la rage, vaccine les moutons contre le charbon, n'y suffit plus. Il appelle à l'aide son ancien condisciple. Lui qui avait envie de bouger. Il lui propose une vie plus palpitante que le cabotage en mer de Chine, un salaire supérieur à celui d'un médecin de bord, un laboratoire pour mener ses recherches. L'Australie est un continent en plein essor. Tout y est moderne et on y voit des kangourous. Il est à bout d'arguments. Yersin longe le

Majestic, remonte la rue Catinat, entre dans la poste de Gustave Eiffel et demande au guichet un papier bleu. Il y met les formes, assure Loir de son amitié et loue sa mission, mais il refuse de se rendre à Sydney. Comme il a refusé la proposition de Calmette ici à Saigon. Lequel renouvelle son offre. « Calmette me scie les côtes pour que j'entre dans la marine coloniale, me promettant monts et merveilles. »

Yersin est convaincu que les belles années de la bactériologie sont déjà derrière eux. C'en est fini du temps des aventuriers. C'en est fini du travail solitaire des bricoleurs de génie. « Je sais qu'au point où est arrivée la microbiologie, tout grand pas en avant sera une affaire des plus pénibles, et que l'on aura beaucoup de mécomptes et de déceptions. » Il ne souhaite pas devenir l'un des besogneux. Il est jeune encore, et pressé, Yersin, il s'ennuie vite. Maintenant qu'il sait avancer les pieds nus dans les jungles il n'ira pas chausser les souliers d'un chercheur sédentaire. S'il a quitté Paris ce n'est pas pour s'enfermer. Il a choisi de devenir explorateur. Il l'avait choisi avant même de devenir médecin. Il l'avait écrit à Fanny depuis Berlin, et il le lui rappelle. « Je vois que j'aboutirai fatalement à l'exploration scientifique. J'ai trop de goût pour cela, et tu dois te souvenir que cela a toujours été mon rêve bien intime de suivre de loin les traces de Livingstone. »

Et de Livingstone, mort une vingtaine d'années plus tôt, il sait tout. Son expédition depuis l'Afrique du Sud jusqu'en Angola, et la traversée de part en part du continent jusqu'au Mozambique. La pratique de la médecine dans les villages traversés. La découverte du fleuve Zambèze et la recherche inlassable des sources du Nil. La rencontre au bord du lac Tanganyika avec le journaliste Stanley envoyé à sa recherche. *Doctor Livingstone, I presume ?* Son refus de le suivre. Sa mort un an plus tard. Son corps éviscéré par ses fidèles Chuma et Susi et les entrailles enfouies au pied d'un arbre. La dépouille desséchée transportée par ces deux-là sur une perche à l'épaule jusqu'à Bagamoyo et l'océan Indien pour la remettre aux Anglais à Zanzibar. Les funérailles dans l'abbaye de Westminster et Stanley qui tient les cordons du poêle. *Here rests David Livingstone. Missionary. Traveller. Philanthropist.* En attendant de découvrir des contrées inconnues, Yersin devient comme son héros médecin des pauvres à chacun de ses séjours à Nha Trang.

« Tu me demandes si je prends goût à la pratique médicale. Oui et non. J'ai beaucoup de plaisir à soigner ceux qui viennent me demander conseil, mais je ne voudrais pas faire de la médecine un métier, c'est-à-dire que je ne pourrais jamais demander à un malade de me payer pour les soins que j'aurais pu lui donner. Je considère la médecine comme un sacerdoce, ainsi que le pastorat. Demander de l'argent pour soigner un malade, c'est un peu lui dire la bourse ou la vie. » Yersin continue de naviguer sur le *Saigon* et les Messageries Maritimes lui versent un salaire, lequel le dispense pour l'instant de faire payer ses consultations. Toute sa vie il essaiera de demeurer étranger à l'économie comme à la politique. Un digne fidèle de l'Église évangélique libre de Morges et de l'exemple de Livingstone, lui-même médecin, explorateur et pasteur.

Lorsque enfin il descend en gare de Nha Trang, en ce printemps quarante, et retrouve la Pointe des Pêcheurs, Xóm Cồn, parce que après les huit jours de voyage, la dizaine de décollages et d'atterrissages, l'adieu à la petite baleine blanche en duralumin anodisé, échouée sur l'aéroport de Saigon, c'est en train que le vieillard à barbe blanche rejoint la baie grandiose et paisible. Il marche à pas lents sur la jetée et les pêcheurs le saluent. Ceux-là sont les petits-fils des pêcheurs qui autrefois l'accueillirent. C'est le dernier retour du bon docteur Nam, ainsi qu'on l'appelle ici, l'oncle Cinq en l'honneur des cinq galons dorés sur l'uniforme blanc, même s'il n'a plus porté cet uniforme depuis le siècle dernier, du temps qu'il était le fringant marin à la barbe noire et à l'œil bleu qui guérissait leurs grands-parents.

Il entre dans sa grande maison carrée au bord de l'eau. C'est lui qui l'a dessinée, il y a long-temps. Un cube, rationnel. Sur le toit le dôme de son observatoire astronomique. Chacun des trois étages est ceint d'une galerie couverte sous colonnes. On craignait cette fois de ne jamais le revoir. Il vide sa valise et range les produits pharmaceutiques qu'il va falloir économiser. Il est assis sous la véranda dans son rocking-chair et regarde la mer. Le jeu du soleil dans les palmes et la baie somptueuse. Près de lui les volières bruyantes et multicolores et son perroquet. Le matin il écoute à la radio les nouvelles du soir à Paris. La voix du Maréchal qui fait don de sa personne à la France et s'apprête à signer le honteux armistice. La France est vaincue. La Suisse est neutre. L'Allemagne victorieuse. La campagne de France vient de faire en quelques jours deux cent mille morts, c'est le bilan d'une épidémie, celle de la peste brune. Il sait bien que la guerre puisqu'elle est mondiale finira par atteindre Nha Trang. Les Japonais alliés des Allemands débarqueront un jour à la Pointe des Pêcheurs. En vieil épidémiologiste, Yersin n'oublie pas que le pire est toujours le plus sûr.

Vieillir est très dangereux.

C'est pas mal aussi, pour certains, de mourir jeunes et beaux. Arthur Rimbaud sans la gangrène aurait à deux ans près l'âge de Philippe Pétain. Yersin a soixante-dix-sept ans. Il reprend à Nha Trang sa vie monastique. Il ne bougera plus de la grande maison carrée jusqu'à sa mort, ça prendra le temps que ça prendra. Pour la première fois il hésite un peu. Dans quelle aventure se lancer à cet âge canonique. Il sait bien que ses jours sont comptés. Depuis longtemps on le presse d'écrire ses mémoires. La bande à Pasteur. Sans vraiment s'y atteler, il met un peu d'ordre dans ses archives, ouvre les vieilles malles. Ne relit que ses carnets d'explorateur, quand encore une fois on voudrait qu'il raconte la grande histoire de la peste.

Yersinia pestis.

la longue marche

Yersin a vingt-neuf ans et veut oublier la science, c'est fini, la microbiologie, la recherche, il a changé de vie, il a choisi la mer, il a connu le bonheur des quais et des grues, des embarquements à l'aube, des mouvements de navires, le chant du soir sur les vagues molles et jaunes de l'Asie. Mais deux ans de navigation et voilà déjà qu'il s'ennuie. S'il a aimé la précision du langage de la marine, et l'excitation des grands ports de mer que décrira Cendrars l'autre Suisse, il n'imagine pas vieillir à la passerelle comme le bon capitaine Flotte. Il sollicite auprès des Messageries Maritimes sa mise en congé. On la lui accorde. Le voilà dégagé à la fois de l'Institut et des Messageries.

Dans n'importe quelle entreprise on l'accuserait d'inconstance. Il a derrière lui ses travaux sur la tuberculose et la diphtérie. Il est un savant adoubé par Pasteur, un excellent médecin de bord. Yersin a gagné déjà qu'on ne vienne pas trop l'emmerder.

À présent libre de son temps, il quitte Saigon pour s'installer à demeure à Nha Trang, se fait construire d'abord une bicoque en bois sur la Pointe des Pêcheurs, Xóm Cồn, et ouvre là quelque chose comme un cabinet. Le docteur Nam est le premier médecin occidental de la région. Maintenant dépourvu de revenus, il essaie sans trop y croire d'instaurer une consultation payante pour les notables qui en ont les moyens, continue de soigner pour rien les pauvres, ne parvient pas à distinguer les uns des autres, et reprend ses marches d'entraînement.

Il parcourt des centaines de kilomètres dans les collines, séjourne dans les villages des Moïs, étudie un peu leurs langues, pratique auprès d'eux la chasse et la médecine. Il envisage d'organiser un jour des campagnes de vaccination, apprend le maniement de la lance et de l'arbalète, en échange les initie à l'hilarant usage de son couteau suisse multilames, et de loin en loin il regagne Nha Trang. « Mes malades annamites reviennent de toutes parts dès que je ne suis pas en excursion. Il est vrai que ce sont plutôt eux qui profitent de ma science surtout lorsque, pour me payer, ils ont la gentillesse d'emporter mon porte-monnaie. Mais que veux-tu, c'est dans leurs idées que voler un Français est une bonne action. D'ailleurs que sont venus faire les Français en Indochine, sinon voler les Annamites ? »

Avant que ne s'évaporent ses quelques économies, il les consacre à l'achat de matériel, monte sa première véritable expédition. Après la mer, puis la forêt-clairière, il veut traverser la jungle, escalader les montagnes de plus en plus haut. À défaut d'un ordre de mission, il bénéficie du soutien des Moïs, qui acceptent de le guider sur les premières étapes. Il veut, depuis Nha Trang et la mer de Chine, traverser la cordillère pour rejoindre de l'autre côté le fleuve Mékong. On ne le reverra pas de sitôt et peut-être plus jamais. Il emmène avec lui un interprète et cinq hommes pour ouvrir la route. Son torse est bardé de baudriers en cuir où sont serrés le chronomètre de marine et le théodolite. Dans son dos une Winchester, pour la chasse il l'espère. Il a acheté des chevaux et deux éléphants, prend le chemin du nord-ouest. Les étapes seront de trois heures de marche.

Cette fois il part droit devant et s'interdit de faire demi-tour. On progresse au mieux en selle pour éviter les sangsues, mène les chevaux sur les sentiers, puis les chevaux par la bride parce qu'il n'y a plus de sentier. Suivent les balourds d'éléphants, et pour eux il faut au coupe-coupe tailler dans les bambous et les buissons. Depuis longtemps les guerriers moïs ont rebroussé chemin. À ses vêtements s'accrochent des insectes dont même son père ignorait l'existence. Le soir on s'accorde un peu d'alcool de riz comme un cordial, on allume des feux, suspend les moustiquaires, sort les flûtes. Demain à l'approche d'un village, à la différence de Mayrena qui fut Marie Ier et distribuait du plomb, on offrira des pommades et les réserves de quinine. Après le point, les instruments et le matériel photographique sont prudemment emballés, protégés de la pluie dans une toile étanche. On éteint les braises et charge le bât des éléphants. On avance droit devant. En des territoires innommés vers les peuplades furieuses et sans violons et sans alexandrins. On tient le cap au compas de marine. Ça ressemble enfin à la vraie vie libre et gratuite. Ouvrir des routes, creuser des chemins dans l'inconnu sinon vers Dieu ou vers soi-même. La risible petite énigme de soi. Celle qu'on n'a pas su résoudre dans la pénombre d'un temple vaudois.

à Phnom Penh

Après avoir franchi des cols à plus de deux mille mètres, on redescend vers les forêts froides des conifères puis les jungles chaudes, vers le vitrail brisé des rizières qu'on voit tout en bas dans la plaine. La poignée de marcheurs exténués atteint le Mékong aux environs de Stung Streng trois mois après son départ de Nha Trang. Yersin revend les éléphants et les chevaux, embarque la petite troupe à bord d'une longue pirogue. Il a parcouru tout le chemin à pied en avant de sa caravane pour ne pas dérégler son chronomètre et s'assoit enfin, se laisse emporter par le courant du fleuve immense et jade.

Ce qui était alors le quai Piquier, le long du bassin de mise à flot depuis longtemps comblé, est devenu la rue 108, non loin du Vat Phnom et du quartier français, de l'hôtel Royal, et aujourd'hui de l'Institut Pasteur et de l'hôpital Calmette. Mais, à l'arrivée de Yersin, Phnom Penh est encore une bourgade. Après trois mois de marche, il se présente aux autorités françaises. On organise une réception chez le résident supérieur du Cambodge, Louis Huyn de Verneville, un dîner en habit sans doute, chez les assis, sous les ventilateurs plafonniers. Le Vaudois ne partage pas ce goût paradoxal des Français régicides pour les résidus de noblesse réfugiés dans la banque ou la diplomatie. On s'enfonce dans des fauteuils en cuir de buffle.

Yersin est le premier voyageur à relier par voie de terre la côte de l'Annam au Kampuchéa. La seule voie d'accès connue au royaume des Khmers était le fleuve. Des domestiques en costume traditionnel servent le champagne. On l'interroge sur son tracé inconnu, les sauvages et les sauvageonnes. Mais la conversation de Yersin, quand il y consent, est scientifique comme ses courriers. « Partout où cela m'a été possible, j'ai fait le point : presque toutes mes latitudes ont été déterminées par une série de hauteurs de la Polaire, procédé excellent, car la répétition de l'observation donne une plus grande exactitude aux résultats. Je puis les garantir à 20″ près. Mes longitudes dépendent naturellement de la marche plus ou moins régulière de mon chronomètre : je l'ai vérifiée chaque fois que j'ai été obligé de séjourner plusieurs jours dans un endroit, et je l'ai trouvée assez constante pour pouvoir garantir mes longitudes à 4″ près. » C'est de la poésie utile. C'est vite la barbe. Les invités sont hermétiques à cette littérature d'au-delà du romantisme. Ils regardent les pales du ventilateur ou le bout de leurs souliers cirés, reprennent un peu de champagne, allument une cigarette. Par les hautes fenêtres, ils voient les eaux dorées du Tonlé-Sap à sa confluence avec le Mékong, la procession des bonzes en robe orange qui montent à la pagode du Vat Phnom. Yersin lui aussi s'ennuie et le dîner prend fin. On passe à l'absinthe. On abandonne l'idée de donner un bal en son honneur.

Pour lui ce n'est rien et il est impatient. Il ne comprend pas qu'on l'applaudisse, le félicite. C'est simple comme la diphtérie. Il suffit d'observer et de marcher, de lever son cul du fauteuil en cuir de buffle. On connaît l'étonnement des mathématiciens à constater que tous, autour d'eux, ne savent pas résoudre ne serait-ce qu'une équation au troisième degré, cet étonnement sincère qu'on prend pour de l'orgueil quand il n'est que naïveté, l'étonnement de ces hommes que tous ne leur soient pas égaux, et que cela heurte les fondements de la République, quand on accepte plus volontiers que chacun ne peut courir le cent mètres en dix secondes, cet agacement des hypermnésiques aussi, à bien devoir prendre note qu'en règle générale on oublie tout assez vite.

Yersin et sa petite troupe regagnent Saigon à bord d'une navette fluviale par le delta du Mékong. Il rédige son rapport, consigne ses observations ethnologiques et géographiques, les illustre de près de cent cinquante photographies qu'il développe dans sa bicoque à Nha Trang. Il dessine des cartes précises de son parcours, qui sont envoyées à Luang Prabang au Laos, où elles sont articulées aux relevés de la Mission Pavie. Le texte est expédié à

Paris. Qu'on ne s'attende pas à du pittoresque. C'est précis comme un topo de pasteurien, une louange à la gloire de son chronomètre suisse de chez Vacheron, et de son baromètre « vérifié sur celui de l'Observatoire de Manille ».

Le récit est trop scientifique même pour une revue de vulgarisation comme *Le Tour du monde*. Ni attaques de tigres ni princesse indigène langoureuse aux seins pointus. Sans entrer dans le détail, les journaux de la métropole cependant annoncent la prouesse. On invite Yersin à Paris. Pasteur tient à faire libérer sa chambre à l'Institut, le giron. Le Lutetia n'existe pas encore. Son rapport d'expédition est publié dans la revue de la Société de Géographie, laquelle, cinq ans plus tôt, avait publié le récit d'Arthur Rimbaud de son exploration africaine, *Rapport sur l'Ogadine*, aujourd'hui Ogaden. Boulevard Saint-Germain, Yersin franchit le porche de la Société de Géographie, où deux cariatides soutiennent l'une la terre et l'autre la mer.

À sa conférence assistent côte à côte la petite bande de la rue Dutot et la petite bande de la rue Mazarine, les savants pasteuriens – et parmi eux Émile Roux lui-même, qui vient d'éteindre son bec Bunsen et d'accrocher sa blouse blanche à la patère du vestibule – et les géographes explorateurs – et parmi eux Auguste Pavie lui-même, retour du Laos et de son vice-consulat de Luang Prabang. On s'étonne du talent de ce jeune homme à croiser ainsi les petites bandes, comme Paul Gégauff au siècle prochain réunira les petites bandes de la Nouvelle

Vague et du Nouveau Roman. Les journalistes, qui pour les besoins d'efficacité de leurs papiers sont toujours un peu caricaturistes et physiognomonistes, sont curieux de savoir quelle tête celui-là peut bien avoir. Ils sont déçus. Ni tête de savant fou ni gueule de baroudeur. Un jeune homme calme et déterminé au regard clair et bleu, à la barbe noire bien taillée. « Le soir, je dîne chez M. Pasteur, qui se plaît beaucoup aux récits de voyage. » C'est le jeune concierge, Joseph Meister, alors âgé de seize ans, qui lui ouvre la porte et prend son manteau.

Yersin reste à Paris trois mois et s'inscrit aux cours de l'Observatoire de Montsouris. À présent sans revenus, il se lance à la recherche de soutiens et d'argent pour préparer de nouvelles expéditions, refuse d'intégrer la Mission Pavie. Il connaît César. Plutôt premier à Nha Trang que second à Luang Prabang. Il sollicite à nouveau l'appui de Pasteur. Cette deuxième lettre est autrement plus enthousiaste que la première adressée aux Messageries Maritimes. « Le Dr Yersin me prie de recommander sa requête à M. le ministre des Affaires étrangères. C'est avec une entière confiance et un vif empressement que je le fais. Le Dr Yersin a travaillé à l'Institut Pasteur pendant deux années avec le plus grand succès. Il y a fait avec le Dr Roux un travail de premier ordre sur la diphtérie : ses connaissances très étendues en médecine lui ont valu le titre de docteur. Son avenir, comme savant, eût été brillant. Mais tout à coup, à la suite de lectures nombreuses, il fut pris d'un désir ardent de voyages et rien n'a pu le retenir auprès de nous. Je puis certifier que le Dr Yersin est un homme des plus sérieux, d'une honnêteté à toute épreuve, d'un courage extraordinaire, possédant des qualités aussi variées que précises, capable en un mot de faire un grand honneur à notre pays. Du reste, la seule lecture du rapport ci-contre sur son récent voyage vers le Mékong peut donner immédiatement la plus haute idée des qualités de voyageur et d'explorateur du Dr Yersin. »

Il espère avec ça obtenir une somme rondelette. Ce seront quatre sous.

Au cours de ce premier séjour en Europe depuis son départ sur la mer, Yersin se rend à Morges, embrasse Fanny, fait l'acquisition, avec les quatre sous, chez Vacheron, d'un nouveau chronomètre et d'un électromètre, de plusieurs thermomètres, et chez Mayor il achète deux fusils de chasse et des cartouches. Assis dans le petit salon fleuri de la Maison des Figuiers, au centre des échotiers rassemblés, il ouvre devant Fanny et les jeunes filles de bonne famille ses carnets d'explorateur, dont la lecture, on l'a vu, est vite fastidieuse. Elles voudraient des images. Yersin leur montre les photographies des femmes moïes que Fanny s'empresse de couvrir d'un napperon, et les jeunes filles rougissent ainsi qu'elles l'ont appris. Mais enfin son Alexandre, le petit chanteur des psaumes à l'Église évangélique libre, et maintenant photographier des négresses à poil.

un nouveau Livingstone

Dès lors ce sera ça, la vie de Yersin. Le voilà explorateur et arpenteur, appointé par le gouverneur général, lequel se penche à ses côtés, dans un bureau de Saigon, sur les portulans énigmatiques et farfelus de l'Annam, du Tonkin et du Laos, le crayon à la main. On est en pays conquis mais inconnu. Des généraux romains après Alésia devant une esquisse des Gaules et des Germanies. On se demande où pourraient se trouver là-dedans les minerais et peut-être l'or, où créer des villes, cantonner des troupes. Ils sont comme nous, et comme tous les conquérants, des enfants qui rêvent aux cartes coloriées, aux atlas, au grand manteau d'Arlequin jeté sur la terre pour la dire. Yersin est de retour de Phnom Penh puis de Paris, il a consulté les manuscrits dans la bibliothèque de la Société de Géographie, les quelques récits hallucinés des missionnaires, imaginé le parcours de futures expéditions. Bien sûr ça lui manque un peu, la bactériologie, comme la navigation maritime. Sa curiosité est encyclopédique.

Pendant deux ans il remplit la mission. On lui procure le matériel et les hommes, et l'argent et les armes. On lui demande en échange d'étudier sur son passage le tracé de nouvelles voies pour le commerce, de signaler des lieux propices à l'élevage, d'inventorier les richesses forestières et minérales. C'est encore l'idée saint-simonienne de la mise en valeur des richesses du globe. Un jour il faudra bien inventer aussi le pneu, et le camion semi-remorque au-dessus, pour accélérer l'exploitation des bois. On est encore à cette époque où l'homme finit de se rendre maître et possesseur de la nature. Où la nature n'est pas encore une vieillarde fragile qu'il faut protéger, mais un redoutable ennemi qu'il faut vaincre.

Le soir au bivouac, il lève sur ses genoux les croquis, indique les ruisseaux qui sont à la mousson des torrents de boue et que des ponts devront franchir. Il atteint jusqu'aux villages chams, pénètre l'antique civilisation du Champa, les lointains descendants des Malais d'avant les Khmers et les Annamites, puisque toujours les envahisseurs, s'ils font souche, finissent envahis. Pendant deux ans, il connaît les aubes froides et astringentes sur les pics de la cordillère. Dans la jungle la nuit le camp au milieu du cercle des feux pour éloigner les fauves. Les chasses dans la prairie et les crises de paludisme, les fièvres glacées sous les pluies tièdes. Les palabres et l'alcool de riz partagé, les amulettes et le sang échangé des coupures sur l'avant-bras, pratique peu pasteurienne, mais Yersin transporte avec lui les produits magiques et antiseptiques des pasteuriens élaborés par Calmette à Saigon.

L'entreprise d'exploration se développe : autour des éléphants et des petits chevaux de selle, des bestiaux qu'on rôtira en route, des paniers de volailles, des porteurs et des éclaireurs. C'est parfois une file de quatre-vingts personnes qui serpente sous la canopée. On voit Yersin sur une photographie en autoportrait, coiffé d'un grand chapeau de brousse et vêtu d'une veste chinoise boutonnée jusqu'au col. Devant lui les palmes s'écartent et un instant il interrompt sa marche, installe sur son trépied le grand cube en bois verni. Stop. Arrêt sur image. Détaillons les matériaux qu'il porte sur son corps : de la fibre végétale pour les vêtements, du métal et du verre pour les instruments, du cuir, de la peau de bête tannée pour la ceinture et les baudriers, tout cela est connu depuis l'Antiquité ainsi que le cheval et l'éléphant, ni plastique encore ni fibre synthétique. Play. Yersin reprend sa marche et le rideau des palmes derrière lui se referme.

Au cours de cette deuxième expédition, après qu'ils ont escaladé une montagne hérissée de conifères, un vaste plateau d'herbes vertes s'ouvre devant eux jusqu'à l'horizon, à plus de mille mètres d'altitude et dans le froid. Au milieu coule une rivière. La vision est helvétique. Yersin se souvient à son retour que

« l'apparence rappelait celle d'une mer bouleversée par une houle énorme d'ondulations vertes ».

Il découvre le plateau du Lang Bian.

Et quatre ans plus tard, Paul Doumer, le nouveau gouverneur général, veut après la lecture du rapport de Yersin se faire lui-même une idée du lieu. Doumer cherche à créer en Indochine une station d'altitude où accueillir les colons fatigués et les impaludés, une maison de repos et un sanatorium. Les deux hommes, entourés d'une petite troupe, entreprennent l'ascension.

Paul Doumer est l'emblème des instituteurs en redingote noire de la Troisième République et de l'égalitarisme démocratique. Élevé par sa mère, veuve et femme de ménage, le fils de peu est devenu ouvrier puis professeur puis député. Il intègre les rangs de la gauche radicale. Il encourage le développement des sciences et de l'hygiène. Il décide de bâtir dans la fraîcheur du Lang Bian un joli village alpin.

Ces deux-là, l'orphelin de Morges et l'orphelin d'Aurillac, resteront amis jusqu'à la mort de Doumer.

Amis longtemps. Car elle sera longue et brillante, la carrière de Doumer. Président de la République, il sera abattu de plusieurs coups de pistolet en trente-deux par un émigré russe, Pavel Gorguloff. C'est longtemps après l'assassinat par arme à feu du frère de Calmette dans son bureau du *Figaro* et de Jaurès dans son bistrot. Toute cette saleté de la politique.

à Dalat

Et quarante ans plus tard, au milieu des années trente, trois ans après l'assassinat de Doumer, Yersin est toujours vivant et c'est devenu Dalat.

Au bord du Lac, des villas normandes et biarrotes. Des chalets savoyards sur les collines. Des massifs de fleurs, agapanthes et capucines et hortensias comme à Dinard. Un chemin de fer à crémaillère grimpe vers le plateau jadis inviolé, dessert une gare qui, comme celle de Pointe-Noire au Congo, est une copie de celle de Deauville. L'Institut Pasteur gère l'hôpital. On inaugure un couvent où les nonnes chanteront mâtines et laudes, le couvent des Oiseaux, ainsi qu'un lycée pour plusieurs centaines d'élèves, auquel le vieux Yersin, découvreur du plateau, a accepté que son nom soit donné.

Une réception est organisée par le nouveau gouverneur général sous les lambris du Lang Bian Palace au milieu de son parc de cèdres, de pins et d'araucarias qui descend en pente douce vers la rive. L'empereur Bao Dai, dont la résidence d'été est tout à côté, dans laquelle il séjourne un peu quand il n'est pas au casino de Monaco, profite de la cérémonie pour remettre au vieux Yersin la Grand-Croix de l'ordre du Dragon d'Annam.

Assis au comptoir verni en arrondi, face à la bibliothèque de l'hôtel, de l'autre côté des colonnes de marbre, le fantôme du futur écoute le discours de l'empereur de pacotille en costume blanc et pompes bicolores de maquereau. Un grand feu dans la cheminée. Les tapisseries, les dorures, les tentures et les vases chinois : tout cela fut hissé jusque dans la montagne depuis la côte par le train à crémaillère qui vient aussi d'amener la délégation officielle et les journalistes, parmi lesquels s'est glissé incognito le fantôme du futur.

Lorsqu'on inaugure le lycée Yersin de Dalat, en cette année trente-cinq, Yersin a soixante-douze ans. On a retrouvé et convoqué de très vieux Moïs connus pendant son exploration, quand il n'y avait ici que de l'herbe verte et du gibier. Yersin est emprunté dans son costume noir que barre l'écharpe rouge et or du Dragon, un peu gêné aussi de ne pas pouvoir, devant l'empereur Bao Dai et les autorités françaises et annamites qui le flattent, dire ce qu'au fond il éprouve. Il aimait mieux le plateau avant. La grande houle de l'herbe verte. Il regrette un peu de l'avoir découvert, ou d'en avoir indiqué la position à son ami Doumer. Ce plateau, c'est aux peuples des montagnes qu'il fallait le laisser.

Il lit son discours de remerciement au gouverneur général et à l'empereur de pacotille, mais en privé n'en pense pas moins. Il est ainsi Yersin, il loue le progrès lorsqu'il en est l'instigateur. Avec l'âge la nostalgie le gagne. Sous les lustres de cristal, près du piano, le vieil homme ceint de l'écharpe rouge et or pose ses yeux bleus sur les eaux bleues du Lac. Une vision fugace de Morges et de la Maison des Figuiers. Il revoit Doumer mort de la politique. En ce milieu des années trente, l'Europe s'approche à nouveau de la guerre. Ici, on feint de l'ignorer. On applaudit, lève les coupes de champagne dans la villégiature insouciante et Art-déco sous les pinèdes. Il l'avait écrit déjà à Calmette. « J'ai trouvé Dalat transformé et en passe de devenir une ville mondaine. Vous me connaissez assez pour vous douter que ces améliorations, d'ailleurs nécessaires, ne m'ont pas enchanté. »

Il préfère le site de Dankia, village moï à une dizaine de kilomètres, « dont les grands mamelons dénudés sont recouverts d'une herbe verte, avec la forêt à l'horizon, sur la crête des collines les plus élevées, ce spectacle me rappelle singulièrement la région des pâturages alpins et jurassiques ». Yersin se souvient de sa première traversée comme un rêve du plateau désert du Lang Bian, de la longue houle verte de l'herbe haute et sauvage. Il n'avait pas trente ans. Et finalement, s'il était mort à ce moment-là, Yersin, lui qui n'a pas écrit les *Illuminations*, s'il était mort à cette époque sous les coups du brigand Thouk, sa vie se résumerait à ceci dans l'histoire de la médecine et de la géographie : avoir découvert la toxine diphtérique, réalisé sur le lapin une tuberculose expérimentale, tracé un chemin de l'Annam au Cambodge, et trouvé un joli petit coin pour bâtir une ville d'eaux helvétique en Asie.

Le fantôme du futur, le scribe au carnet en peau de taupe qui suit Yersin depuis Morges, qui est descendu au Zur Sonne à Marburg, au Lutetia à Paris, au Royal à Phnom Penh, au Majestic à Saigon, à présent au Lang Bian Palace à Dalat, se dit que c'est assez agréable au fond de suivre cet homme-là. Les établissements sont de haut vol. Cet après-midi, il marchait au bord du Lac. Depuis les années trente, une ville donc, surgie de rien sur le plateau verdoyant. Dalat a changé depuis de maître et de peuple et pas de décor. Une manière de Bagnoles-de-l'Orne en Normandie ou de Cambo-les-Bains au Pays basque. Ici les trente ans de guerres vietnamiennes ont glissé comme de l'eau sur les plumes d'un canard, très loin des combats. Le scribe écrit ça dans son carnet ouvert sur le comptoir de bois verni, au milieu des journalistes arrivés de Hanoi et de Saigon par le train pour l'inauguration du lycée. On ne le reconnaît pas. Il se dit envoyé spécial de *Paris-Soir*. On lui demande des nouvelles de la métropole. De Jean Gabin ou d'Arletty. Et si le Front populaire va l'emporter l'an prochain. Il reste évasif.

Le fantôme du futur ne commet aucune erreur. Son habillement est suffisamment intemporel. Pantalon de toile et chemise blanche, cravate bleue, chaussures anglaises de bon cuir. Il connaît l'actua-

lité comme s'il avait lu aux archives les journaux
de la veille. Il sait l'avancement des sciences et des
techniques, emploie la langue française sans néo-
logisme aucun. Un bon agent infiltré dans le temps
des années trente. Il sortirait pourtant volontiers
une Marlboro-light de sa poche mais il sait que
la marque n'existe pas encore. Ou bien, par excès
de confiance ou d'alcool, il a oublié de couper
son téléphone portable et prend la communication.

C'est aussitôt l'attroupement autour de son
tabouret de bar, l'émeute, on appelle la police.
On l'accuse d'être un espion au service du Parti
communiste indochinois fondé cinq ans plus tôt
par Hô Chi Minh. Les gardes du corps se rapprochent de l'empereur valet de l'impérialisme et
l'entourent. On oublie le vieil explorateur et son
écharpe du Dragon. Au commissariat c'est pire, le
fantôme du futur avoue, explique, s'emberlificote,
il prophétise, dit la prochaine guerre mondiale dans
quatre ans, l'arrivée des Japonais et les Français
dans les camps. Le général Giap chef des rebelles
dans une suite du Lang Bian Palace. Diên Biên
Phu et la victoire de Hô Chi Minh. La guerre du
Vietnam et la défaite des Américains. L'arrivée
des Soviétiques. On le ceinture, une piqûre, c'est
la camisole, toi mon bonhomme t'es pas près de
revoir Paname.

Arthur & Alexandre

Le téléphone n'a pas sonné. Le fantôme est monté dans sa suite. Il emplit la baignoire en fonte aux pattes de lion éthiopien, dénoue sa cravate, enclenche le ventilateur de cuivre jaune. Sur le bureau, un livre de Leonardo Sciascia dans lequel une phrase est soulignée : « La science, comme la poésie, se trouve, on le sait, à un pas de la folie. »

Sur le lit, des notes éparpillées. Des lettres aux deux mères, Vitalie et Fanny. Aux deux sœurs, Isabelle et Émilie. Des lettres à l'écriture rapide dans lesquelles il est toujours question de partir, de s'en aller, d'acheter un cheval ou de passer commande, sextant, théodolite, baromètre anéroïde, traités de mécanique et manuel de terrassement, de minéralogie, de trigonométrie, d'hydraulique, d'astronomie, de chimie. L'un assemble la plus grande bibliothèque scientifique de l'Annam et l'autre la plus grande bibliothèque scientifique de l'Abyssinie. Le fantôme pourrait écrire en parallèle la vie de ces deux-là. La vie longue de l'un et la vie brève de l'autre.

Le Lang Bian Palace est un îlot de temps suspendu, aujourd'hui Dalat Palace – sans qu'on lise vraiment, dans ce changement, le passage du capitalisme au communisme, et que peut-être on n'osa pas, après l'indépendance, rebaptiser Hô Chi Minh Palace, du nom de celui qui passa une grande partie de sa vie dans les campements précaires, ni de celui de son général Giap, qui pourtant y logea, pendant les négociations avec les Français.

La robinetterie de laiton verdi, bientôt centenaire, est toujours vaillante. Les tapis persans sont propices aux déplacements dans le temps comme dans l'espace. À la rêverie géographique et démographique. Allongé dans l'eau chaude, le fantôme du futur allume une cigarette et entend le vent balayer les arbres du parc. Sept milliards d'hommes peuplent aujourd'hui la planète. Quand c'était moins de deux, au début du vingtième siècle. On peut estimer qu'au total quatre-vingts milliards d'humains vécurent et moururent depuis l'apparition d'homo sapiens. C'est peu. Le calcul est simple : si chacun d'entre nous écrivait ne serait-ce que dix Vies au cours de la sienne aucune ne serait oubliée. Aucune ne serait effacée. Chacune atteindrait à la postérité, et ce serait justice.

Une tombe n'est rien mais un tombeau. Écrire une Vie c'est jouer du violon sur une partition. L'un vécut depuis le Second Empire jusqu'à la Deuxième Guerre mondiale, l'autre à trente-sept ans tomba de cheval. Chez ces deux-là la même frénésie de savoir et de partir, de quitter les petites bandes des pasteuriens ou des parnassiens. Le goût des aubes ensoleillées et de la navigation maritime, de la botanique et de la photographie. « Je viens de commander à Lyon un appareil photographique qui me permettra d'intercaler dans cet ouvrage des vues de ces étranges contrées. » Mais le curieux album sur le pays des Gallas, c'est Yersin qui l'écrit sur le pays des Moïs. Chez ces deux-là, à l'autre bout du monde, une idée toutes les cinq minutes. Importer des mulets de Syrie en Éthiopie ou des vaches de Normandie en Indochine. L'aventure de la science, « la nouvelle noblesse ! Le progrès. Le monde marche ! ». Le goût des mathématiques. La somme des angles d'un triangle est toujours égale à deux droits. La poésie devrait être ainsi. L'alexandrin qui lui vient à la fin d'une lettre à Fanny. Le vers à la fin duquel pourraient défiler tous les verbes à l'infinitif. Parce que ça n'est jamais une vie que de ne pas…

Pendant que Yersin prépare ses expéditions, c'est la chute de cheval à Diré Daoua. L'ami grec Righas écrit que Rimbaud « se luxa le genou et fut déchiré par un piquant de mimosa ». Ils ont cela en commun, la solitude et de s'en aller voir ailleurs et d'avancer en tête de leurs caravanes, de faire mieux et plus grand que les pères absents. D'aller plus loin que les pères inconnus dans la science et dans la géographie. Pour l'un le microscope et le bistouri trouvés dans le grenier de Morges. Pour l'autre le Coran et la grammaire arabe trouvés dans le grenier de Roche. C'est aller plus loin que le capitaine Rimbaud de la petite bande des sahariens que d'ouvrir une voie d'Entotto à Harar. C'est aller plus loin que l'intendant des Poudres que d'ouvrir une voie de Nha Trang à Phnom Penh. Et les chaleurs atroces et la soif, c'est aux femmes qu'on les dira, à la mère et à la sœur sédentaires qui jamais ne quittent la Suisse ni les Ardennes, en occultant le prénom, signant brutalement, comme des pères, l'un *Rimbaud* l'autre *Yersin*.

Ne pas avoir découvert le bacille de la peste le condamnerait à mourir explorateur inconnu parmi les milliers d'explorateurs inconnus. Il suffit d'une piqûre au bout du doigt comme dans les contes de fées. Mais c'est toujours ainsi la vie romanesque et ridicule des hommes. Qu'on soigne la peste ou meure de la gangrène.

vers chez les Sedangs

Si une piqûre d'épingle ou de piquant de mimosa est la porte ouverte à la mort, la plaie béante et rouge d'une lance plantée dans un torse y creuse un vaste tunnel où s'engouffrent les millions de microbes. Yersin connaît la médecine et la chirurgie et sauve sa peau après le combat avec Thouk. Il est rare que de telles existences ne connaissent un paroxysme de violence.

Si, pendant toutes ces années d'exploration, la pratique constante des soins dans les villages et la vaccination des enfants rapprochent Yersin de son héros pacifique le bon docteur Livingstone, son intransigeance et son humeur ombrageuse l'amènent à se comporter parfois plutôt comme Stanley le querelleur. À pratiquer le coup de feu contre les bandes de brigands qu'on appelle alors les pirates, bandits de grands chemins, dont s'inspireront plus tard les guérillas des premiers combattants anti-colonialistes, manières de Mandrin ou de Lampião. Ici c'est Thouk, le chef de bande de haute stature qui écume et razzie, mène dans la campagne une cinquantaine d'hommes évadés de prison accusés de meurtres et qui n'ont rien à perdre, et dont les têtes brûlées sont mises à prix. Ils ont avec eux un peu de fusils arrachés aux troupes, des piques, des coupe-coupe. Chez ses amis moïs, Yersin entre un soir dans un village pillé dont les paillotes fument encore. Les survivants lui indiquent une direction sous les arbres et les plus courageux se joignent à lui. C'est la poursuite silencieuse dans la nuit. Les hommes de Thouk sont ralentis par le poids du riz volé et la marche du bétail, l'assurance aussi que jamais une poignée de paysans désarmés n'oserait les importuner au milieu des mauvais génies de la forêt. Ils font halte et allument les feux, inventorient le butin. Yersin braque son revolver. Les grandes flammes font jouer tout un théâtre d'ombres dans les branchages. Thouk d'un bond détourne le canon. Yersin reçoit un violent coup de massue à la jambe qui lui brise le péroné. Il se défend mais il est à terre. Une machette lui coupe la moitié du pouce de la main gauche. Thouk lui enfonce une lance dans la poitrine et la bande s'enfuit, le laisse pour mort. Et ce serait le cas en effet pour n'importe lequel de ces brigands démunis des produits magiques des pasteuriens.

Les hommes de Yersin le retrouvent à l'aube sanguinolent mais conscient auprès des braises qui s'éteignent. Traversé par la lance comme un insecte sur le carton. Cette fois l'expédition tourne court et la vie peut-être aussi. Des fourmis et des bestioles s'abreuvent à la terre rougie. Des carrières d'explorateurs laissent ainsi leurs biographes en rade au bout de quelques pages. Endormis un trou rouge à la poitrine. Elles s'achèvent sur le titre en une de quelque feuille de chou coloniale qu'on ouvre devant les vermouths et les cassis aux terrasses de la rue Catinat : « Le découvreur de la toxine diphtérique meurt transpercé d'une lance en pays moï. »

Yersin, qui a perdu trop de sang, sait que son temps est compté et dirige l'opération. Sur son conseil on n'arrache pas la lance avant d'avoir charcuté tout autour. On dégage lentement la pointe sans arracher les côtes, aseptise la plaie, désinfecte les blessures, pose un bandage serré sur le torse et un autre autour de la main, une attelle le long de la jambe brisée. On l'allonge sur une civière de lianes et de bambou que des hommes porteront plusieurs jours sur leurs épaules jusqu'à Phan Rang. Là vit un télégraphiste qu'on espère agoraphobe, isolé dans une cabane sous son poteau et son nœud de fils noirs suspendus. On prévient Calmette à Saigon de reconstituer la pharmacie. Yersin se remet peu à peu. Son biographe respire. Le blessé demeure immobile, et au bout de quelques jours reprend ses carnets. « En sorte, il résulte pour moi de cette affaire que j'y ai perdu un fusil et un revolver. Je ne crois pas que l'on m'en tienne compte : le gouverneur général sera très ennuyé de cet essai de rébellion dans le Sud, alors qu'il chante bien haut que l'Annam est absolument pacifié. Il cherchera donc à étouffer l'affaire, et même la niera au besoin. Je ne regrette d'ailleurs pas ce que j'ai fait : c'était mon devoir bien net. »

Pendant que les blessures cicatrisent, Yersin, c'est plus fort que lui, s'initie au fonctionnement du poste télégraphique. Sa jambe est plâtrée et on le transporte jusqu'à Saigon où il rédige son rapport, dresse les cartes, indique le percement des routes possibles, met au propre les relevés gribouillés dans les carnets. Le convalescent lit des revues techniques et envoie en France des commandes de matériel nouveau. Sur le port, dès qu'il est en état de voyager, on l'aide à descendre d'une victoria attelée de petits chevaux. Il pose ses béquilles dans une cabine du *Saigon* en partance pour Haiphong, et s'entretient avec son successeur à bord vêtu de l'uniforme blanc aux cinq galons dorés. Il descend à la première escale et regagne son paradis de Nha Trang, quitte le rafiot des Messageries pour sa bicoque en bois de la Pointe des Pêcheurs. Il s'active en boitillant dans la chambre noire, développe ses photographies, prépare déjà la prochaine expédition, la plus longue sur la carte, plein nord et puis vers l'ouest. La plus ambitieuse aussi. Il veut ouvrir un autre chemin entre le Tonkin et le Laos que celui de Pavie par Diên Biên Phu. Il envoie des lettres à Fanny. « Ci-joint un mot pour Mayor afin qu'il m'envoie de nouvelles armes dont je lui enverrai le paiement après réception. »

Juste avant son départ, il apprend l'arrestation de

Thouk, et rassure Fanny ou l'inquiète au contraire davantage : « Je pars demain pour l'intérieur, et je ne veux pas le faire sans te dire que ma main est absolument cicatrisée et ma jambe guérie. Je suis donc dans de bonnes conditions pour continuer mon voyage. On a aujourd'hui coupé la tête à Thouk. J'y ai assisté pour prendre quelques instantanés. En réalité, c'est horrible. La tête est tombée au quatrième coup de sabre. Thouk n'a d'ailleurs pas bronché. Ces Annamites meurent avec un sang-froid vraiment impressionnant. »

Cette année-là, c'est en France le centenaire de la Terreur qui en fit rouler pas mal aussi, des têtes au fond du panier, et qu'on préfère ne pas honorer d'une deuxième tour en fer. Cette année-là, la flotte française quitte Saigon pour établir le blocus de Bangkok, à la demande de Pavie promu commissaire aux frontières. Yersin ne risque pas de se faire diplomate. Toute cette saleté de la politique. Il avance à marche forcée vers chez les Sedangs. On traverse encore une fois les forêts-clairières, les pinèdes brumeuses. On croise le chemin de ces colonnes de millions de fourmis qui jamais ne dévient d'un mètre, et devant lesquelles les paysans doivent céder et déplacer leurs villages. La troupe des guides et des bêtes de bât grimpe dans la montagne par des sentiers en corniche, franchit des torrents. En selle côte à côte, Yersin et le père Guerlach, qui vient d'effectuer les premiers relevés topographiques et anthropologiques de la région, de consigner les croyances et les idiomes des chasseurs-cueilleurs, dans le vague espoir de sauver leur âme au lieu de les asservir comme l'avait tenté, assez vainement d'ailleurs, Mayrena qui fut ici Marie Ier.

Les repaires des Sedangs sont des nids d'aigle en haut des pitons, protégés de hautes palissades. Après qu'on a reconnu Guerlach, on actionne les portes à poulies, on fraternise, on échange des objets, on danse, partage les repas. Yersin au milieu de la place déballe ses instruments scientifiques. Les jambes écartées, le regard levé vers le ciel, il prend ses latitudes et ses longitudes, cherche le soir la Polaire, mesure au baromètre les altitudes. Le père sort les crucifix et les encensoirs, dit la messe, marmonne et lève les bras vers son dieu qui semble se tenir non loin de la Polaire. C'est la première fois que les Sedangs rencontrent de plus sauvages qu'eux et assistent à leurs rites impayables. Ils se marrent et se frappent les cuisses. Les sorciers à l'écart font la gueule, qui ne manqueront pas à l'avenir d'intégrer quelques variantes du show dans leurs cérémonies. En haut des remparts, les guerriers brandissent leurs boucliers couverts de peau de rhinocéros, hurlent et agitent les lances et les sabres, souhaitent aux Blancs un bon retour. La colonne redescend la montagne et gagne Attapeu au Laos, de l'autre côté de la cordillère. Cette fois, l'attraction, ce sont les chevaux domestiqués et harnachés que découvrent les villageois.

Les explorateurs descendent en pente douce les jungles vers les rives du Mékong. Ils sont en marche depuis des mois. Leur progression est silencieuse et harassante. Il y a là-dessous du jaune et du vert, de l'émeraude et du vermeil. Entre les branches le grand soleil citron et les larges palmes qui ploient sous l'ondée. Des serpents et des grenouilles et des petits génies tutélaires qui déguerpissent. Des envolements criards de perruches rouges. On remonte vers le nord et franchit une deuxième fois les cols, met le cap plein est vers la mer de Chine pour rejoindre Tourane puis Hanoi, où les deux anthropologues, le catholique et l'agnostique, remettent leur rapport respectif au gouverneur et à l'évêque. On numérote à l'encre, la plume sur l'os, les crânes d'ennemis offerts par les Sedangs et les dents d'éléphant collectées pendant la mission. On emplit les caisses des babioles ethnologiques pour le musée de l'Homme à Paris.

Tout cela comme de signer le journal de bord au carré avant de descendre à terre. Pour Yersin c'est devenu une activité pas très différente, mais plus exaltante, que la navigation. Il ne semble faire preuve d'aucune lassitude. Il s'apprête à rejoindre Nha Trang par la ligne des Messageries Maritimes.

Mais c'en est fini, pour lui aussi, de la longue marche. Les heures en selle sous la pluie au pas du cheval. Les croquis des profils montagneux. L'odeur du crottin et du cuir mouillé. La viande sur le feu au campement et l'aboiement des chiens à l'approche des villages. Il ne le sait pas encore.

Plus jamais il ne mènera d'explorations. Un télégramme de Calmette l'attend chez le gouverneur
général, qui lui apprend que d'autres télégrammes
l'attendent à Saigon. Roux et Pasteur lui demandent
de se rendre au plus vite à Hong Kong. C'est la
grande histoire de la peste. Yersin referme son
dernier carnet d'explorateur, dont l'encre est encore
fraîche et humide.

La vieille main tremblante et tavelée au pouce
fendu referme le dernier carnet d'explorateur, dont
l'encre est sèche et pâlie. Le style lui aussi a vieilli.
Quelque chose comme du Vidal de La Blache.
Yersin porte des lunettes devant ses yeux bleus
délavés. C'est le retour au présent de Nha Trang,
au présent de l'été quarante. Il est enfermé dans
la grande maison carrée à arcades qui a remplacé
la bicoque en bois. Le grand cube rationnel. Les
trois fois cent mètres carrés empilés et l'escalier
qui mène au toit-terrasse et à l'observatoire astronomique. Le docteur Nam a soixante-dix-sept ans.
Depuis deux mois, et son retour d'Europe à bord
de la petite baleine blanche, il a relu dans l'ordre
ses carnets. C'était comme d'être là encore, dans
les jungles ou chez les Sedangs. Aujourd'hui ses
jambes ne le portent plus. C'est la nuit. Il est assis
dans son rocking-chair sous la véranda, devant la
vaste mer qui console nos labeurs.

Depuis deux mois, la lecture des vieux carnets
l'a soustrait au présent de l'Histoire. Les phrases
du combat avec Thouk ont réveillé le souvenir de

la douleur fulgurante, l'attente de la mort allongé sous les arbres et le jeu des flammes sur les frondaisons. Il a ouvert sa chemise pour observer la cicatrice, se convaincre que tout cela lui est bien arrivé. Il n'a plus le courage ni le goût d'écrire ses mémoires. Il est seul à jamais à savoir tout cela, à s'en souvenir encore. Peu importe. Mieux que les quelques ouvrages qu'il a publiés, c'est l'immense correspondance avec Fanny et Émilie qui nous dira sa vie. Elles n'ont pas égaré une lettre. On les trouvera après la mort de la sœur, serrées dans les tiroirs d'un guéridon. Des lettres écrites d'un jet sans une rature et toujours signées *Yersin* sans le prénom du père et parfois par ironie *Dr Nam*. Mais aujourd'hui, en cet été quarante, Yersin l'ignore, pense que sa vie s'efface. Chaque nuit, il écoute les radios du monde sur ondes courtes. C'est l'été quarante et le monde s'écroule.

Les vichystes nomment au poste de gouverneur général de l'Indochine l'amiral Decoux qui commandait la flotte française d'Extrême-Orient. Ici comme en métropole, il est interdit d'écouter la radio des Anglais. Il va se gêner. Il sait que de jeunes hommes ont répondu à l'appel lancé en juin par ce curieux général de deux mètres de haut qui logeait avant-guerre au Lutetia. Il écoute les radios des Allemands, de la propagande et des cris de victoire. C'est encore une fois la guerre avec l'Allemagne et encore une fois l'Allemagne sera défaite après les millions de morts, comme l'extralucide

Rimbaud âgé de quinze ans l'avait prédit après Sedan et la chute du Second Empire. Les nazis auraient dû lire le jeune prophète qui écrivait que « l'administration de fer et de folie va encaserner la société allemande, la pensée allemande, et tout cela pour être écrasés à la fin par une coalition ! ».

Cinq jours après l'appel du général lancé depuis Londres, le dictateur en noir et gris qui imite assez bien Chaplin atterrit au Bourget. C'est un dimanche à cinq heures du matin. Le voyage du Führer était prévu avant même l'offensive et c'est pourquoi les Stukas de Göring ont épargné la piste du Bourget, laissé s'envoler la petite baleine blanche du dernier vol Air France. À la radio, le speaker allemand décrit avec enthousiasme le départ des trois Mercedes décapotables qui gagnent Paris dans la lumière douce d'une aube de juin, suivies par une horde de photographes et de cinéastes. Le dictateur en noir et gris est accompagné de son architecte Albert Speer. Il veut faire à Berlin mieux encore qu'à Paris. On visite au pas de course l'Opéra, la Madeleine, la Concorde, les Champs-Élysées, la tour Eiffel, le Trocadéro. Il voit Paris pour la première fois, celui qui proclamait dans *Mein Kampf* son don pour la peinture, « que ne surpasse que mon talent de dessinateur, particulièrement dans le domaine de l'architecture ».

Cet engouement n'est pas pour réconcilier Yersin et les arts, toutes ces foutaises de la peinture et de la littérature. Comme si ces deux-là, Hitler et Göring, menaient leur guerre mondiale dans le but unique d'enrichir leurs collections de peinture et de se disputer entre eux les tableaux. Yersin se demande ce que serait devenu le jeune Louis Pasteur si, au lieu de chimiste, il était devenu peintre de portraits comme il en nourrissait le projet dans son lointain Jura. Pasteur l'artiste, qui au milieu de ses recherches scientifiques continuera d'enseigner à l'École des Beaux-Arts de Paris.

Lorsque les premiers Allemands se présentent à l'Institut, en cet été quarante, peu après le dernier départ de Yersin, ils demandent à visiter la crypte où repose Pasteur. Le vieux concierge, Joseph Meister, le premier homme sauvé de la rage, leur en interdit l'accès. Les soldats le bousculent, l'écartent. Les officiers pénètrent dans la crypte. Le vieil Alsacien se suicide dans sa loge avec le pistolet rapporté de la guerre de quatorze.

Yersin apprend sur une radio allemande que le drapeau à croix gammée flotte sur le toit-terrasse du Lutetia juste au-dessus de sa chambre d'angle du sixième étage. L'hôtel est devenu le siège de l'Abwehr, le service d'espionnage de l'armée. Assis autour du piano, les officiers en noir et gris assèchent les réserves de cognac. Après la bataille de France c'est la bataille d'Angleterre, pilonnée par les avions de Göring, l'autre amateur de peinture qui, en secret de Hitler, soustrait des équipages pour les envoyer charger dans les villes occupées des œuvres repérées par ses propres équipes d'historiens d'art.

Deux mois après la visite de Hitler à Paris,

Trotsky est assassiné le vingt août dans son repaire de Mexico par les hommes de Staline allié de Hitler lui-même allié des Japonais. Toutes les pièces du puzzle à la dimension du globe se mettent en place. Et dix jours plus tard, le trente août, les troupes japonaises débarquent au Tonkin. Elles occupent Haiphong et Hanoi. Les officiers posent leur sabre sur les tables basses de l'hôtel Métropole et assèchent les réserves de cognac. L'Indochine est envahie. Assis dans son rocking-chair devant la mer, Yersin attend que des officiers de la Kampetaï viennent s'installer chez lui, et fassent de la grande maison carrée leur Kommandantur de Nha Trang. Ils chercheront en vain une bouteille de cognac.

Ce sont de vieilles querelles déjà, entre Yersin et les Japonais.

à Hong Kong

Le vieil homme qui referme le vieux carnet se revoit à Hanoi dans ses habits d'explorateur à son retour du pays des Sedangs, la veste de toile verte et les baudriers pour les instruments. Yersin prend congé du père Guerlach. Il a trente et un ans. Il descend à Saigon, lit le télégramme de Roux qu'il n'a pas revu depuis sa conférence à la Société de Géographie. Les télégrammes. Parce qu'ils fulminent, Roux et Pasteur. Et bombardent les autorités de leurs missives. Les pasteuriens tiennent toujours Yersin pour l'un des leurs, en réserve de la science. On a envoyé des messagers à Nha Trang, appris que Yersin était dans la montagne. La montagne, s'agace Roux, qui hausse les épaules.

Comme si la mer ça n'était pas assez.

C'est vingt ans avant la Première Guerre mondiale, mais déjà la bataille scientifique est aussi politique et les alliances sont les mêmes. Une épidémie de peste en Chine descend vers le Tonkin, parvient en mai à Hong Kong. La grande terreur à la faux se dresse à l'horizon et aussitôt c'est l'hécatombe, la panique chez les Anglais de Kowloon et les Français de Haiphong, dans tous les ports qui entretiennent avec la Chine des liaisons commerciales.

À l'époque de la marche à pied, du cheval, des chars à bœufs aux roues grinçantes et de la marine à voile, la peste avançait au pas et moissonnait devant elle. Vingt-cinq millions de morts en Europe au quatorzième siècle. Les médecins en toge portaient des masques blancs à long bec d'oiseau, bourrés d'herbes aromatiques pour filtrer les miasmes. La terreur est proportionnelle à l'accélération des moyens de transport. La peste attendait la vapeur, l'électricité, le chemin de fer et les hauts navires à coque en fer. Devant la grande terreur en noir, ça n'est plus la faux et son sifflement sur les tiges, c'est la pétarade de la moissonneuse-batteuse lancée à pleine allure au milieu des blés. Aucune thérapie. La peste est imprévisible et mortelle, contagieuse et irrationnelle. Elle sème la laideur et la mort, répand sur le monde le jus noir ou jaune des bubons qui percent sur les corps. La description médicale d'alors, on peut aller la chercher dans le traité des maladies infectieuses du professeur Griesinger de l'université de Berlin que cite Mollaret, paru une quinzaine d'années plus tôt, lequel mentionne que la peste survient dans « des populations misérables, ignorantes, malpropres, barbares au degré le plus incroyable ».

À Saigon, Yersin emprunte un peu de matériel médical qu'on dépose avec précaution dans une malle cabine, des éprouvettes, des lamelles et un autoclave pour les stériliser. Il retourne à Hanoi et rencontre le docteur Lefèvre, médecin de la Mission Pavie, qui accompagnera l'explorateur du Laos jusqu'à Muang Sing pour délimiter la frontière chinoise. Lefèvre est un politique, et il ne lui cache pas, cher confrère, que la partie ne sera pas simple avec les Anglais. Depuis Bombay jusqu'à Hong Kong, le Raj britannique serait un immense territoire ininterrompu s'il n'y avait cette insupportable épine de l'Indochine française. Les Anglais pour cette raison font appel aux médecins japonais, autant dire aux Allemands, jouent l'Institut Koch contre l'Institut Pasteur.

Cependant un Italien francophile, ajoute Lefèvre, le père Vigano, un honorable correspondant, un ancien officier d'artillerie décoré à la bataille de Solferino avant d'entrer dans les ordres, une taupe catholique chez les protestants, sourit Lefèvre, est prêt à sauver la mise de la Troisième République en hommage au Second Empire d'avoir assemblé l'Italie. Dans l'esprit de Yersin c'est plus farfelu que la vie des Moïs. Le Suisse et le Rital sont appelés au service de la France. Yersin débarque à Hong Kong à la mi-juin et se rend à l'hôpital de Kennedy Town dirigé par le docteur Lawson.

Depuis son arrivée au port, sous une pluie torrentielle, il a vu des cadavres de pestiférés dans les rues et dans les flaques, au milieu des jardins, à bord des jonques au mouillage. Les soldats britanniques emportent d'autorité les malades et vident leurs maisons, entassent tout et brûlent, versent de la chaux et de l'acide sulfurique, élèvent des murs de brique rouge pour interdire l'accès des quartiers infestés. Yersin prend des photographies, écrit le soir les premières visions d'enfer sous le ciel gris et les averses diluviennes. Les hôpitaux inondés sont inutilement envahis. Lawson ouvre un peu partout des lazarets qui sont des mouroirs, dans une ancienne verrerie et dans le nouvel abattoir en construction, des paillotes réquisitionnées. On jette là des nattes à même le sol qu'on brûlera avec leur occupant. La mort survient en quelques jours. À travers les rideaux de pluie chaude et les bourrasques, roulent au pas des charrettes chargées de cadavres empilés. « Je remarque beaucoup de rats morts qui gisent sur le sol. » La première note griffonnée par Yersin le soir même concerne les égouts qui dégorgent et les rats en décomposition. Depuis Camus ça semble évident mais ça ne l'était pas. Voilà ce que Camus doit à Yersin quand il écrit son roman, tout juste quatre ans après la mort de celui-ci.

Par télégramme, et dans un souci diplomatique, le gouverneur anglais, sir Robinson, a autorisé Yersin à venir étudier la peste à Hong Kong. Mais la mauvaise volonté des Anglais est évidente et c'est pire encore avec les Japonais, l'équipe de Shibasaburo Kitasato, qui entend se réserver les autopsies. Kitasato et son assistant Aoyama ont suivi le cours de Koch. Kitasato et Yersin sont arrivés en Allemagne la même année, Yersin à Marburg et Kitasato à Berlin, où il est resté sept ans auprès du découvreur du bacille de la tuberculose. Lorsque le docteur Lawson leur présente Yersin, qui s'adresse à eux en allemand, ils se marrent sans lui répondre : « Il paraît que depuis le temps que je suis allé en Allemagne, j'ai un peu oublié la langue, car au lieu de me répondre, ils rient entre eux. »

Kitasato ne peut ignorer le nom de Yersin et sa découverte avec Roux de la toxine diphtérique. Il partage avec le lama Koch une totale hostilité à l'égard de Pasteur et de ses Instituts. Il faut comprendre aussi, dans cette compétition, qu'on sait bien que cette fois on y est. On va découvrir le microbe de la peste si c'est un microbe. Il ne peut plus s'échapper. Et jamais plus l'occasion ne se présentera dans l'histoire de l'humanité d'avoir été le vainqueur de la peste. Quelques semaines de ravages en plus et ce sont des milliers de cadavres en plus à étudier. La seule chance du microbe serait un arrêt brutal et mystérieux de l'épidémie. Yersin et Kitasato savent bien qu'ils doivent à Koch et à Pasteur d'être ici, les deux génies absolus qui furent des Galilée. Ils savent bien qu'ils sont des nains juchés sur les épaules des deux géants. Kitasato a l'avantage du terrain. Aucun cadavre ne sera mis à la disposition de Yersin.

Celui-ci pourrait s'avouer vaincu et reprendre la mer. Le père Vigano est un adepte de ces méthodes vaticanes un peu fourbes que réprouve d'ordinaire un austère protestant vaudois. Pour Yersin, il fait

construire en deux jours une case en bambou recou-
verte de paille près de l'Alice Memorial Hospital.
Voilà pour la résidence et le laboratoire, dans lequel
on installe un lit de camp et ouvre la malle cabine,
dispose le microscope et les éprouvettes. Vigano
graisse la patte des marins anglais chargés de la
morgue de l'hôpital où sont empilés les morts en
attente du bûcher ou du cimetière et leur en achète
quelques-uns. Yersin joue du bistouri. « Ils sont
déjà dans leur cercueil et recouverts de chaux.
J'enlève un peu de chaux pour découvrir la région
crurale. » Yersin retrouve la jubilation parisienne
des éprouvettes, les cerfs-volants. « Le bubon est
bien net. Je l'enlève en moins d'une minute et je
monte à mon laboratoire. Je fais rapidement une
préparation et la mets sous le microscope. Au premier coup d'œil, je reconnais une véritable purée
de microbes, tous semblables. Ce sont de petits
bâtonnets trapus, à extrémités arrondies. »

Tout est dit. Nul besoin d'écrire un livre de
mémoires. Yersin est le premier homme à observer
le bacille de la peste, comme Pasteur avait été le
premier à observer ceux de la pébrine du ver à
soie, du charbon du mouton, du choléra des poules
et de la rage des chiens. En une semaine, Yersin
rédige un article qui paraîtra dès septembre dans
les *Annales de l'Institut Pasteur*.

Kitasato, qui prélevait dans les organes et le sang,
et négligeait le bubon, décrit le pneumocoque d'une
infection collatérale qu'il prend pour le microbe.

Sans le hasard ni la chance le génie n'est rien.
L'agnostique Yersin est béni des dieux. Comme le
montreront les études ultérieures, Kitasato bénéficie
d'un véritable laboratoire hospitalier, et d'une étuve
réglée à la température du corps humain, température
à laquelle prolifère le pneumocoque, alors que le
bacille de la peste se développe au mieux autour
de vingt-huit degrés, température moyenne à cette
saison à Hong Kong, et température à laquelle
Yersin, privé d'étuve, mène ses observations.

En même temps qu'il les envoie à Paris, il
remet ses résultats à Lawson qui s'empresse de
les communiquer aux Japonais. Yersin s'en plaint
mais n'en fait pas une enclume. « Il aurait dû être
plus réservé. C'est lui qui, après avoir vu mes
préparations, a conseillé aux Japonais de rechercher le microbe dans le bubon. Il m'a lui-même
assuré, ainsi que plusieurs autres personnes, que
le microbe isolé d'abord par les Japonais ne res-
semblait pas du tout au mien. » Kitasato s'attribue
la réussite et lance la polémique scientifique et
politique. Mais la preuve sera faite et Yersin,
qui n'a jamais connu de père, et jamais ne sera
père, se voit au moins attribuer la paternité de la
découverte entérinée :

Yersinia pestis.

Il s'enferme encore deux mois dans sa paillote,
se penche sur les rats crevés, établit leur rôle dans
la propagation de l'épidémie. Suivant l'exemple
de Pasteur en Beauce, à la recherche du charbon

du mouton, il effectue des prélèvements de terre dans le quartier contaminé de Taypingshang et les décrit pour Calmette. « Vous savez que la recherche d'un microbe dans le sol n'est pas chose facile, et que, même si on ne le trouve pas, on ne peut en conclure qu'il n'y en a point. C'est donc dans l'intime persuasion que je ne trouverai rien que j'ai entrepris cette expérience. » Il prépare de la terre noire diluée et ensemence des tubes de gélose où baigne un fil de platine. « Eh bien figurez-vous que, dans les deux tubes, j'ai obtenu plusieurs colonies de peste et aucun autre microbe étranger. »

C'est à titre d'agent sanitaire que les Anglais voudraient maintenant le garder. Les Japonais sont partis. On voit bien que les murs de brique rouge à l'entrée des rues, s'ils bloquent les Chinois, sans doute laissent passer la bestiole. Mais Yersin décide de quitter Hong Kong. Il écrit au gouverneur général à Hanoi. « J'estime que le but de ma mission à Hong Kong est atteint, puisque j'ai pu isoler le microbe de la peste, faire les premières études sur ses propriétés physiologiques, et envoyer à Paris un matériel de travail suffisant. » Au milieu du mois d'août, il salue sur le port le bon moine-soldat Vigano, rentre à Saigon rédiger son rapport de mission comme celui d'une exploration, restitue le matériel emprunté. Il consigne dans un carnet ses conclusions : « La peste est donc une maladie contagieuse et inoculable. Il est probable que les rats en constituent le principal véhicule, mais j'ai constaté également que les mouches prennent la maladie. »

En deux mois à Hong Kong c'était plié, la grande histoire de la peste. Il a une autre idée. Il est toujours pressé, Yersin. Comme s'il avait identifié le bacille pour faire plaisir à la petite bande des pasteuriens, comme ça, en deux coups de cuiller à pot, maintenant j'ai mieux à faire, vous finirez bien le boulot, il partage sans retenue pour aller plus vite vers le vaccin et envoie un peu partout des échantillons de son bacille dans des fioles en verre scellées, écrit à Calmette : « Je ne suis pas en peine qu'avec M. Roux vous n'arriviez vite à un résultat. »

C'en est fini pour lui des explorations comme de la navigation. Il veut créer sa base à Nha Trang, élever des moutons ou se lancer dans l'agriculture, la vraie vie, la réalité rugueuse à étreindre. Il ne reprendra pas la vie monotone des marins, et n'a plus l'âge déjà de celle des explorateurs ni des combats avec Thouk. Il a retrouvé aussi le goût de la recherche, des éprouvettes et du microscope, des cerfs-volants. Pour cela il lui faut lever quelques fonds, mendier trois sous, son renom le monnayer un peu auprès des autorités. Pour les effrayer peut-être il cite Molière et la réplique de La Flèche.

La peste soit de l'avarice et des avaricieux.

à Nha Trang

Dès son retour, il entreprend l'installation d'un modeste centre d'étude des épizooties animales, il imagine les constructions et les élevages. Une mission gouvernementale lui alloue cinq mille piastres. Avec ça il équipe un petit laboratoire de médecine vétérinaire. Il entend mener des recherches seul et à son rythme. On commence près de la bicoque en bois de la Pointe des Pêcheurs, Xóm Cồn, près du sable et du friselis des cocotiers devant la jetée, où les pêcheurs le matin fendent à la machette, et éviscèrent au bord de l'eau, l'intérieur magenta des grands poissons bleus.

Il voudrait ne plus bouger, Yersin, nourrir dans les clapiers en bambou ses bestioles d'expérience, les souris, les cobayes, les singes et les lapins. Il manque de place pour les buffles et autres bovidés. Il est trop près de la mer. À l'époque des pluies de mousson, et des palmiers échevelés, la pointe est parfois inondée. Il cherche un lieu plus sûr pour bâtir des étables et des écuries. Aucune route ne mène à l'arrière-pays. Il remonte en pirogue la rivière Cái qui se jette ici dans la mer, acquiert à une dizaine de kilomètres l'ancienne citadelle de Khánh Hòa, où il installe une vingtaine de chevaux, autant de bœufs et de buffles. Il lui faut un vétérinaire.

Yersin engage à Nha Trang des fils de pêcheurs dont il fera les laborantins de son petit établissement. Auprès de Calmette il se procure du matériel et de la verrerie, débarqués avec précaution du *Saigon* à l'escale et amenés à terre par les canots ainsi que les revues scientifiques et sa nouvelle bicyclette Peugeot commandée en France chez l'ingénieux artisan. Le matin sur la terrasse, il trace des plans, l'après-midi surveille les travaux de construction du laboratoire, le soir dans la bicoque écrit son livre, *Chez les Moïs*, dont il fera imprimer quinze exemplaires à compte d'auteur. Yersin n'a jamais cherché les honneurs ni jamais ne les a rejetés. Sur le conseil de Calmette, il recrute un vétérinaire militaire qui arrive de Saigon, Pesas, lequel tombera bientôt au champ d'honneur de la microbiologie.

Il voudrait demeurer ici, Yersin, à la Pointe des Pêcheurs, devant l'eau scintillante de la baie et les bouquets d'aréquiers où s'entortille la liane de bétel, les cocotiers, les enfants, les filets que les femmes reprisent sur la plage, et le soir le vol des chauves-souris, loin de la fureur des villes épileptiques, au milieu de la vraie vie. Parfois la nuit, il se souvient du capitaine Flotte à qui il doit tout ça, finalement, Nha Trang, et les explorations et la renommée. « Quoique les bouts de ruban me soient d'une façon générale fort indifférents, je suis très content d'avoir obtenu la Légion d'honneur qui va me faciliter bien des choses. » Là encore, comme pour la démographie et l'espérance de vie, il convient de se garder de tout anachronisme. On ne donne pas alors le ruban à des footballeurs.

Cette année-là, un jeune officier de cavalerie, Hubert Lyautey, qui vient de passer deux ans en Algérie, où il a critiqué un peu le système colonial, un héritier de la petite bande des sahariens et du capitaine Rimbaud, rend visite au savant Yersin dans son ermitage. Leur rencontre dans la bicoque en bois est rapportée par Noël Bernard, le premier biographe de Yersin. Ces deux-là sont de la même pâte.

Lyautey, qui rentre d'une mission à Madagascar, admire l'esprit d'entreprise du pasteurien, découvreur du bacille de la peste et qui pourrait à Paris briller dans les salons. Il visite les étables, les écuries et le petit laboratoire au bord de l'eau. « Il a commencé sans ressources naturellement, s'est tout de même procuré vingt chevaux à quinze piastres l'un comme bêtes à vaccin, s'est associé à un vétérinaire, Pesas, qu'il a dressé et enflammé : et le voilà parti. Et ce sont des heures de réconfort qu'on passe dans cet établissement, encore si rudimentaire, avec ce jeune savant, sans besoins personnels, uniquement possédé par son œuvre. »

À Paris depuis quelques mois c'est l'affaire Dreyfus. Comme autrefois on accusait les juifs de propager la peste, on les soupçonne aujourd'hui d'avoir fomenté la défaite et trahi la France. Yersin regrette le manque d'informations. « Tu me demandes mon opinion sur l'affaire Dreyfus, mais je n'en puis avoir puisque personne ne sait les détails du procès. Il est probable que si les généraux n'ont pas voulu les divulguer, c'est qu'il y avait à cette divulgation de graves inconvénients. » Lyautey est de ceux qui d'emblée supposent l'innocence du capitaine. Il a pris le risque d'exprimer par écrit ses doutes sur le jugement du tribunal militaire. « Ce qui ajoute à notre scepticisme, c'est qu'il nous semble discerner là une pression de la soi-disant opinion ou plutôt de la rue, de la tourbe. » C'est aussi, chez ces deux-là, la détestation de l'opinion publique et du vulgaire, de la meute. « Elle hurle à la mort contre ce Juif parce qu'il est Juif et qu'aujourd'hui l'antisémitisme tient la corde. » Mais c'est une pédale qui défend un youpin. L'aveugle et le paralytique. Ça lui vaudra un coming-out involontaire et la phrase de Clemenceau, lui aussi pourtant dreyfusard, feignant d'admirer le courage de Lyautey. « Voilà un homme admirable, courageux, qui a toujours eu des couilles au cul même quand ce n'était pas les siennes. » La vie politique française était encore des plus viriles, et les discours à la Chambre parfois s'achevaient à l'aube sur le pré. Yersin sait bien que, quoi qu'il fasse, il ne lui sera pas très facile de s'éloigner de toute cette saleté de la politique.

à Madagascar

Ce n'est pas une vie que de ne pas bouger.

Il avait vingt-six ans lorsqu'il écrivait, depuis Paris, la phrase rimbaldienne, l'alexandrin, à la fin d'une lettre à Fanny. Il a pas mal bougé. Il en a trente-deux. Encore une fois, c'est un télégramme qu'on lui remet à l'escale du *Saigon*, et Yersin, qui déplie le papier bleu dans la bicoque en bois, peut-être commence à maudire l'invention. On le prie de « partir aussitôt que possible pour Diego-Suarez étudier le microbe des fièvres bilieuses ». Il est envoyé en mission par la République, il quitte Nha Trang pour Saigon par le vapeur.

Sa condition financière s'est améliorée. Il porte un costume blanc cassé de bonne coupe, emmène avec lui un jeune homme, dont il est difficile de déterminer, non les fonctions, mais le nom qu'il convient d'attribuer à celles-ci, laborantin, secrétaire ou assistant. Dès lors Yersin, dans tous ses voyages, se fera accompagner, à tour de rôle, du petit nombre de ceux qu'il appelle mes serviteurs annamites, la petite bande à Yersin, les fils de pêcheurs dont il a fait des préparateurs, mais aussi des mécaniciens pour les machines et bientôt les automobiles. Devant l'Arsenal, les deux hommes embarquent en première pour Aden sur la ligne des Messageries.

Cette fois, Yersin met pied à terre au Yémen. Le consul de France lui transmet à l'escale les instructions du ministère. Il découvre l'infernal chaudron tout au bord du grand erg, le soleil vitrificateur du Rub al-Khali et l'Arabie pétrée : « Les environs sont un désert de sable absolument aride. Mais ici, les parois du cratère empêchent l'air d'entrer, et nous rôtissons au fond de ce trou comme dans un four à chaux. » Il est reçu chez les Blancs en costume blanc comme une vedette, un héraut de la modernité. On l'invite à la terrasse du Grand Hôtel de l'Univers, à Steamer Point, près de la maison du négociant Bardey où s'est enrichi le poète mort quatre ans plus tôt, et dont court toujours ici la légende, les huit kilos d'or à sa ceinture qui déformaient sa démarche. Yersin ne deviendra sans doute jamais aussi riche que Rimbaud.

Après l'Arabie c'est l'Afrique, et les deux hommes prennent leur temps. Le serviteur, on l'imagine, n'est pas déçu du voyage. C'est Fix et Phileas Fogg. C'est très posh. Yersin gagne l'Égypte et s'en va voir les pyramides et les temples, remonte en felouque les eaux vertes du Nil, sait que Livingstone est mort au Tanganyika d'avoir cherché là-bas leur source. Il embarque pour Zanzibar, puis La Réunion où il séjourne, se renseigne sur l'agriculture, les fleurs et la cannelle, et là ce sont les vers de Baudelaire avant lui sous la tutelle invisible d'un ange. L'enfant déshérité s'enivre de soleil. C'est la lente descente de l'océan Indien, la ligne de l'équateur, le navire glisse dans l'or et dans la moire, le canal du Mozambique et les Comores, Madagascar. Après trois mois d'errance, les deux hommes s'installent à Nossi-Bé. Ils demeurent sur l'île, « au lieu d'aller à Majunga, parce que pas plus à Majunga qu'à Nossi-Bé, il n'y a de la fièvre bilieuse, et que Nossi-Bé est infiniment plus agréable à habiter ». Yersin aime les bords de mer.

Assis dans un rocking-chair sous une véranda, il se désaltère d'un verre d'eau fraîche filtrée au Chamberland, ou bien d'une citronnade, dans ces pays sans hiver et sans été, printemps et verdure perpétuelle et l'existence libre et gratuite. Il est convaincu qu'il se déplace pour rien, mais il obtempère, parcourt un peu le pays, effectue des prélèvements, prépare le microscope et les seringues, étudie la végétation et l'arboriculture, découvre des arbres singuliers et des fruits savoureux. Pour la première fois il est devant un hévéa.

Yersin roule entre ses paumes une boule gluante de latex, la transperce du doigt, l'étire, et modèle une couronne : un pneu pour sa bicyclette Peugeot. Il admire l'intuition et le génie de l'inventeur du pneu. Il se doute bien que le nom de Dunlop demeurera mieux inscrit dans la mémoire des hommes que celui du découvreur du bacille de la peste. Parce que la peste va disparaître et le pneu proliférer. Il ne conçoit peut-être pas, cependant, qu'en un siècle les engins à pneus, les vélos puis les autos, les motos, les camions puis les avions, provoqueront autant de morts violentes que la grande terreur en noir.

Sa mission à Madagascar est davantage politique que scientifique et Yersin n'est pas dupe. C'est la grande histoire de la colonisation. C'est l'image de la France qu'on l'envoie répandre, comme on enverra Lyautey la répandre au Maroc. Dans les gardes à vue au commissariat, se succèdent le dur et le gentil. Si la présence de Yersin ne suffit pas à convaincre les Malgaches on enverra Gallieni.

Et comme le Malgache fait sa mauvaise tête on envoie Gallieni.

le vaccin

Yersin quant à lui est rappelé à l'été. C'est cinq ans après son départ de Paris. Un an après son séjour à Hong Kong et la fameuse découverte. Le gouvernement de la République lui demande de venir à l'Institut Pasteur s'occuper de son foutu bacille. Les autorités commencent à en faire des cauchemars la nuit, de la peste assoupie dans des fioles en verre au plein cœur de Paris. Parce que depuis un an qu'on le cultive et le pouponne, son foutu bacille, ça n'avance pas tant que ça. À vrai dire on tourne en rond. Pourquoi continuer d'élever dans des fioles fragiles des générations de cette bombe bactériologique susceptible – maladresse d'un laborantin, acte d'un déséquilibré, d'un chercheur mal luné ou cocu, d'un commando terroriste japonais ou allemand – de répandre le fléau, de ressusciter dans le quinzième arrondissement la grande terreur en noir et d'exterminer la population de la capitale.

Yersin s'installe à l'Institut puisque le Lutetia n'est toujours pas bâti. Mais qu'attendent donc les

Boucicaut. « Je loge de nouveau à l'Institut Pasteur. J'en suis très content car cela me permettra de faire mon travail plus facilement, et puis je suis si habitué à la boîte ! » Il se met à l'ouvrage avec Roux et Calmette, promet à Fanny de passer la voir à la Maison des Figuiers un de ces jours.

On réclamait le dompteur, et le voilà qui trouve rue Dutot son fauve anémié, tout au bord de la dépression, assis en pyjama toute la journée, mal rasé et fumant clope sur clope. « Il me faut redonner de la virulence à mon microbe que l'on a un peu négligé en mon absence. Puis j'ensemencerai un grand nombre de ballons de bouillon pour préparer la toxine. C'est pendant que celle-ci se formera à l'étuve que j'espère pouvoir venir faire une courte apparition à Morges. » Le petit salon fleuri ne pourra accueillir toute la presse. La renommée de Yersin est à présent mondiale.

Il fait chaud, comme chacun sait, à l'intérieur d'une poule. Quarante-deux degrés. Bien plus chaud qu'à l'intérieur d'un mouton. Qui garde sa petite laine.

Pasteur fut le premier, enfilant un peu partout des thermomètres dans des cloaques et des anus, à constater que les températures élevées de certains oiseaux interdisent aux virus de s'y développer. On inocule le charbon du mouton à une poule : elle s'en fout et rigole. Ça la chatouille. On la plonge dans une baignoire d'eau froide : elle fait moins la maligne et meurt du charbon. Si la poule mouillée est sortie à temps, elle est atteinte de la maladie mais se guérit toute seule, bat des ailes pour se réchauffer en insultant le laborantin. Yersin s'attaque au pigeon.

Le pigeon est un peu le rat du ciel, un rat auquel on aurait vissé des ailes avant de le repeindre en gris. Volatile néanmoins au sol la plupart du temps et boiteux souvent, claudiquant sur ses moignons, manière de lépreux sans béquille. Entre les deux créatures, cependant, une notable différence : l'oiseau, à l'encontre du rongeur, est naturellement immunisé contre la peste.

Yersin fait défiler toute la ménagerie rue Dutot, du plus petit au plus grand. De Molière il passe à La Fontaine, aux animaux malades de la peste, puis au conte des frères Grimm, aux animaux musiciens empilés à Brême, de l'âne au coq. Il tente d'atténuer la virulence du bacille afin d'obtenir d'un côté un vaccin et de l'autre un sérum antipesteux. En deux mois, et tout ça comme si de rien n'était, et qu'il suffisait de le filmer en accéléré devant sa paillasse, il manipule, prélève, chauffe, va pisser, se lave les mains, injecte, gribouille dans ses carnets. Yersin en blouse blanche qui s'active et les animaux dans le labo de plus en plus gros, mais qui n'en mènent pas large, et dans lesquels se plantent des seringues de plus en plus énormes. Le fouet du dompteur claque au milieu de la piste et chaque bestiole grimpe sur son tabouret pour la piqûre, tend la fesse.

À chaque étape le roulement de caisse claire et le coup de cymbale charleston de l'orchestre : Yersin immunise la souris ! Yersin immunise le cobaye ! Yersin immunise le lapin ! Yersin immunise le cheval ! Yersin n'a pas d'éléphant sous la main. Une claque sur la croupe du cheval, rangez-moi ça, il sort un stylo, dévisse le capuchon, rédige avec Calmette un topo pour les *Annales de l'Institut Pasteur* : *La peste bubonique, deuxième note* : « Ces expériences sur la sérothérapie méritent donc d'être poursuivies. Si ces résultats obtenus sur des animaux continuent à être satisfaits, il y aura lieu de tenter d'appliquer la même méthode à la prévention et au traitement de la peste chez l'homme. » Il revisse le capuchon, enlève la blouse blanche, tend la feuille à Roux, voilà, il lui annonce son départ, je vous laisse la vaisselle. Le vaccin contre la peste est présenté par Roux au vieux Pasteur en redingote noire et nœud papillon, déjà impotent, et les deux hommes, levant les yeux du microscope, savent qu'ils ont eu raison, que si Yersin leur demandait une lettre de recommandation pour construire une fusée lunaire, ils lui emprunteraient son stylo et dévisseraient le capuchon.

Yersin est déjà impatient de reprendre la mer mais il multiplie les démarches, auprès du ministère des Affaires étrangères et auprès de celui des Colonies, auprès de la Société de Géographie. Il veut installer à Nha Trang un laboratoire capable de préparer le sérum en grande quantité, poursuivre ses expériences sur le singe avant de passer à l'homme. « On me jalouse un peu, ce qui m'est superlativement indifférent. »

Début août, il est à bord du *Melbourne* qui file vers l'Asie à seize nœuds. Yersin consigne le record dans un carnet. Pendant cette traversée de Marseille à Saigon, il surveille les fioles de bacilles déposées dans la pharmacie de son confrère des Messageries. À Paris, les ministres dorment comme des bébés, on a trouvé le remède de cheval. Pasteur meurt en septembre. On lui fait des funérailles nationales. Sa joie est de remettre son Institut entre les mains de la petite bande, ces jeunes hommes qui, depuis des années, sont ses yeux, ses bras et ses jambes, et continueront après lui le grand œuvre. Roux et Calmette demeureront à la barre pendant près de quarante ans.

Yersin embarque aussi un nouvel appareil photographique, la photo-jumelle, un ingénieux système de petits cadres à déplier pour jouer sur la parallaxe et donner au tirage l'illusion du relief. Il prend des clichés à chaque escale. À son retour, il publiera un article là-dessus dans la *Revue indochinoise illustrée* imprimée à Hanoi.

À Colombo, il achète un couple de mangoustes.

à Canton

Avant que les Chinois qui se croient tout permis se permettent de donner des noms chinois à leurs villes, et jusqu'à leur capitale, n'importe quel pékin pouvait s'y retrouver sans ouvrir l'atlas. C'est donc à Guangzhou que débarque Yersin.

C'est déjà une ville de près de deux millions d'habitants. L'épidémie de peste vient de tuer cent cinquante mille d'entre eux. Yersin apporte avec lui du vaccin de Paris, et celui des chevaux de Nha Trang élaboré par le vétérinaire Pesas. Il entend appliquer le remède de cheval au Chinois, cherche son Joseph Meister, rencontre le consul de France à Canton ou Guangzhou. Il ne lui cache pas que l'innocuité de son vaccin n'est pas prouvée au-delà du cheval.

Le consul se gratte la tempe. Les Chinois, voyez-vous, n'ont pas la mémoire courte, lui explique-t-il. Même si c'est trente-cinq ans après le sac du palais d'Été par la France et l'Angleterre, trente-cinq ans après que ces deux nations ont gagné la Deuxième Guerre de l'opium, et contraint la Chine à ouvrir

140

ses ports au commerce des fumeries, les Français comme les Anglais sont à peine tolérés, et confinés dans des quartiers réservés. Il serait de mauvais goût qu'un long-nez vienne euthanasier ici à la seringue quelques malades. Le consul se gratte la tempe. Il félicite Yersin pour sa découverte, et sa notoriété qui est parvenue jusqu'ici, mais il le prévient qu'il risque de gravement se ramasser, ou bien il lui rappelle, en ce langage diplomatique désuet, que la roche Tarpéienne est bien proche du Capitole.

Yersin, s'il était catholique, on en ferait un saint, on canoniserait illico le vainqueur de la peste, tant il semble que l'histoire soit d'inspiration surnaturelle. Elle repose cependant sur trois témoignages concordants et indépendants. Celui de Yersin lui-même conservé à l'Institut Pasteur, celui de l'évêque sans doute dans les archives du Saint-Siège, et celui du consul dans celles du Quai d'Orsay. Le diplomate envoie son rapport dans les jours qui suivent : « Le vendredi 26 juin, vers onze heures, je reçus la visite du docteur Yersin, qui m'exposa le but de sa mission, et me demanda si je croyais qu'il réussirait à obtenir l'entrée des hôpitaux chinois de pestiférés, et à y essayer l'emploi du sérum curatif qu'il avait découvert. Je ne dissimulai pas au docteur qu'il m'était impossible de l'autoriser à tenter ici les expériences auxquelles il voulait se livrer, expériences que l'hostilité de la population cantonaise contre tout ce qui est européen pouvait rendre très dangereuses pour les Résidents. Je proposai au docteur, avant de quitter Canton, de se rendre avec moi à la mission catholique. »

Les deux hommes y sont reçus par monseigneur Chausse, lequel allait justement appeler un médecin. Il est préoccupé par l'état de santé d'un jeune séminariste de dix-huit ans, Tisé, qui se plaint depuis quelques jours de maux de tête et d'une violente douleur à l'aine. Ce matin la fièvre s'est déclarée et le jeune homme est alité. Ça l'ennuie, monseigneur, déjà qu'il n'en a pas tant que ça, des convertis, et Dieu qui lui reprend celui-là, allez y comprendre quelque chose. On vient de lui administrer l'extrême-onction. On l'a convaincu, le jeune Chinois, que depuis des siècles que les jésuites évangélisent en ces parages, un chinatown a bien eu le temps de s'installer au jardin d'Éden, où les affiches des maisons de thé sont bilingues, mandarin-latin. On prie à son chevet. On attend que lui poussent les ailes blanches idéales.

Yersin : « Mgr Chausse me conduit auprès de lui à trois heures de l'après-midi : le jeune Chinois est somnolent, il ne peut se tenir debout sans vertige, il éprouve une lassitude extrême, la fièvre est forte, la langue chargée. Dans l'aine droite, il existe un empâtement très douloureux au toucher. Nous avons bien devant nous un cas de peste confirmé, et la violence des premiers symptômes peut le faire classer parmi les cas graves. »

Le consul : « Je ne m'oppose pas à ce que l'inoculation du sérum antipesteux soit faite, à la condition toutefois que l'opération ait lieu hors de la présence de Chinois, et que les détails en seront strictement tenus secrets jusqu'au rétablissement complet du malade. De telle sorte que nous éviterons les ennuis qui pourraient survenir en cas d'insuccès. »

Yersin : « À cinq heures, six heures après le début de la maladie, je pratique une injection de 10 cc de sérum. À ce moment, le malade a des vomissements, du délire, signes très alarmants qui montrent la marche rapide de l'infection. À six heures et à neuf heures du soir, nouvelles injections de 10 cc chacune. De neuf heures du soir à minuit, aucun changement dans l'état du malade qui reste somnolent, s'agite et se plaint souvent. La fièvre est toujours très forte et il a un peu de diarrhée. À partir de minuit, le malade devient plus calme et à six heures du matin, au moment où le Père directeur vient prendre des nouvelles du pestiféré, celui-ci se réveille et dit qu'il se sent guéri. La fièvre, en effet, est complètement tombée. La lassitude et les autres symptômes graves ont disparu. La région de l'aine n'est plus douloureuse au toucher et l'empâtement presque effacé. La guérison est si rapide que si plusieurs personnes n'avaient, comme moi, vu le patient la veille, j'en arriverais presque à douter d'avoir traité un véritable cas de peste. On comprendra que cette nuit passée auprès de mon premier pestiféré ait été pour moi pleine d'anxiété. Mais au matin, lorsque avec le jour parut le succès, tout fut oublié même la fatigue. » Yersin est le premier médecin à sauver un pestiféré.

Le consul et l'évêque s'engagent à attester chacun de son côté l'extraordinaire guérison. Quasi miraculeuse, marmonne l'évêque dont la parole est digne de foi. Les voies du Seigneur sont parfois si obscures qu'un parpaillot suisse ressuscite un calotin chinois. Il n'y aura pourtant pas de saint Yersin, dont un orteil ou une rotule, en reliques, amèneraient à Morges en procession des pèlerins à genoux. On aimerait savoir bien sûr ce qu'est devenu le jeune homme, prendre de ses nouvelles, écrire une Vie de Tisé le premier homme sauvé de la peste. S'est-il fait moine catholique ? S'est-il comme Joseph Meister suicidé au moment de l'invasion japonaise ? On n'en saura pas plus. Le consul conseille à Yersin de quitter Canton pour Amoy, soit aujourd'hui Guangzhou pour Xiamen, un modeste port doté d'un lazaret pour les marins, en face de Formose, à présent Taïwan. Les marins, on s'en fout un peu. Déjà presque des fantômes. On connaît la phrase de Platon.

La vieillesse des navires comme celle des hommes est une lente dégringolade. Yersin, tout à l'enthousiasme de ses vaccinations, et qui ne prend pas, comme nous, le temps de compulser les archives maritimes pourtant si romanesques, si pleines de coïncidences, ne remarque pas, sans doute, le long d'un môle de ce port de Xiamen, la vieille carcasse de son vieux *Volga*, le brave navire qui le menait avec une régularité de pendule autrefois de Saigon à Manille, désarmé, et vendu cette année-là au prix de la ferraille à la China Merchants Co pour finir ici ponton.

Le *Saigon* quant à lui, à la passerelle duquel se retenait le bon capitaine Flotte au bout du rouleau, s'est échoué cette même année, drossé par un typhon sur les sables de l'île de Poulo Condor. Yersin ne connaît pas ces nostalgies maritimes. Il inocule, en quelques jours, son sérum antipesteux absolument moderne à vingt-trois malades, dont deux seulement, soignés trop tard, succombent malgré tout. Puis il se rend à Macao chez les Portugais pour snober les Anglais. Il sait bien que la nouvelle de ses vaccinations victorieuses traversera la baie.

Qu'ils appellent donc leur ami Kitasato qui n'y peut mais.

à Bombay

Sitôt de retour à Nha Trang, Yersin demande à Pesas d'accélérer la production du vaccin, et Pesas, droit dans ses bottes de vétérinaire militaire, lui promet d'accélérer. Puis Yersin embarque pour Marseille et s'en va cueillir ses lauriers. Il arrive à Paris en novembre accompagné de son préparateur, retrouve Roux et Calmette, et tous les quatre vont se recueillir devant la dépouille de Louis Pasteur, déposée, depuis ses funérailles nationales, au fond d'un caveau de Notre-Dame en attendant la préparation de la crypte à l'Institut. C'est dans le *Bulletin de l'Académie de médecine* que Yersin, en quelques pages, met à la grande histoire de la peste son point final. On lui donnerait le Nobel si le Nobel existait. Le premier sera décerné dans cinq ans. On l'ignore encore. Alfred Nobel meurt en décembre, et c'est dans son testament.

Après un mois de mer, trois semaines à terre, et les voilà déjà sur les quais de Marseille. Une vie à cent à l'heure, le tourbillon. Phileas Fogg et son Fix, les yeux rivés sur l'horloge des trains et des paquebots, courant sur les échelles de coupée et bondissant sur le marchepied des wagons. Et l'on s'étonne que le vieux Jules Verne, auteur d'une Vie de Livingstone, ne consacre pas un roman aux aventures trépidantes et rocambolesques de Yersin, ne le peigne en héros positif susceptible de concourir à l'épanouissement moral des jeunes lecteurs. À l'escale de Colombo, une délégation anglaise, à dos d'éléphant peut-être, vient au port accompagnée du maharadjah local. Un officier major monte à bord du *Melbourne* et demande à rencontrer Yersin. La peste est à Bombay.

Yersin ne dispose dans sa cabine ni de sérum ni de bêtes à vaccin. Attendez là, j'arrive. Lorsqu'il débarque à Nha Trang, vingt-quatre juments viennent de crever du charbon. Yersin demande à Pesas de s'activer sur les rescapées du troupeau. « Dès mon arrivée, nous avons fait une saignée aux deux juments qui me paraissent les mieux immunisées. Si leur sérum est bon, je ferai de grandes saignées et je partirai de suite pour l'Inde. »

Tout de suite, c'est tout de même des semaines, et il y a un bateau par mois. On produit du sérum jusqu'en février. Yersin emporte dans ses bagages des centaines de doses quand il en faudrait des dizaines de milliers. Pendant ce temps Pesas continue de s'activer, un peu trop peut-être. Comme dans tous les métiers de précision le risque est la routine. Il est au four et au moulin, court du laboratoire vers la ménagerie en folie. Les singes qui font les marioles, les juments qui font des caprices et d'un revers de sabot basculent les seaux, les mangoustes qui pataugent dans leurs mangeoires et les renversent. Yersin est en mer et Pesas est victime d'un accident de laboratoire.

C'est au bureau des Messageries Maritimes de Colombo que parvient le télégramme annonçant la mort de Pesas par contamination. Yersin est déjà en route pour le Tamil Nadu, gagne Madras, traverse en train le sous-continent vers Bombay. En mars il prend ses quartiers au consulat de France et vaccine la communauté française, guérit la fille du directeur du Comptoir d'escompte déjà atteinte par la maladie. C'est avec les Anglais que les ennuis commencent.

Bombay est un grand port de huit cent mille habitants dont le trafic avec Londres est d'une importance vitale. Un peu partout sur la planète, les empires coloniaux se disputent les frontières et leurs troupes sont face à face. C'est le Great Game que décrit Connolly. Un an plus tôt, à Muang Sing, les Français ont contraint les Anglais à quitter le nord du Laos et à franchir vers l'ouest le Mékong. Dans un an, ils prendront leur revanche à Fachoda, et les Français devront quitter les bords du Nil. Loti n'a pas encore écrit *L'Inde sans les Anglais*. On sent que l'idée ne déplairait pas trop à Yersin.

De partout, les missions médicales fondent sur les pestiférés indiens : médecins russes, autrichiens, allemands, égyptiens, anglais et italiens, tous sont sur place avant Yersin. On s'arrache les moribonds et les secrets médicaux dans une atmosphère de complot et d'impéritie. Les actions des autorités sanitaires sont encore plus difficiles et contrecarrées qu'elles ne l'étaient à Hong Kong par les Chinois. Les populations locales refusent de se rendre dans les hôpitaux de quarantaine et les lazarets qui ne respectent pas le système des castes. Malgré les rongeurs qui pullulent, la dératisation heurte le principe bouddhiste du respect de la vie. Entre pasteuriens eux-mêmes survient la controverse dite de « la lymphe de Haffkine ».

Celui-là, qui avait succédé à Yersin dans le cours de microbie, vient de quitter l'Institut et d'ouvrir son propre laboratoire à Calcutta, dans lequel il produit cette lymphe qu'on accuse des pires effets secondaires. On envoie de Paris le docteur Bonneau. L'inspecteur général de la médecine coloniale et ses assistants inspecteurs mènent leur enquête. C'est la bande à Bonneau qui vient régler les différends de la bande à Pasteur. L'inspecteur général rédige son rapport : « Bien que convaincu de la possibilité de vacciner l'homme contre la peste à l'aide de cultures chauffées, nous réprouvons le procédé d'Haffkine comme trop sommaire et trop rapide pour conférer une immunité réelle, et les dangers qu'il présente, comparés à ses avantages, sont plus que suffisants pour le faire condamner. »

Quant à Yersin, la confusion est telle que son action est absolument entravée par les fourbes Anglais : « Le docteur Yersin a eu à ce sujet de nombreuses difficultés. Prenant ses cas dans les hôpitaux dirigés par les médecins anglais, il ne possédait pas toute la liberté d'action nécessaire : des injections d'iode étaient faites dans les bubons de ses malades, on leur prescrivait de la strychnine, de la belladone, de la strophantine, tous médicaments inutiles, sinon nuisibles, aussi la statistique établie sur de pareils cas n'aura-t-elle pas toute la valeur qu'elle aurait eue si ces cas avaient été laissés à sa propre initiative. » Yersin est épuisé par ces querelles, il sait bien qu'il lui faut s'en abstraire, s'enfuir, gagner son Levantin ou son Harar.

Il en a sa claque de Bombay et des Anglais. C'est réciproque. Les Anglais supportent mal ces jeunes Français qui ne le sont même pas, ou tout juste, un Suisse comme Yersin et un Ukrainien comme Haffkine, et qui ont aussitôt attrapé, à Paris, ce qu'il y a de plus exécrable pour les Anglais chez les Français, cette audace de donner des leçons à tout le monde et même aux Anglais, cette attitude impériale ou pasteuriale. Yersin a quitté Bombay pour fuir la communauté médicale. Il est seul à Mandvi, tout au nord dans le Gujarat, dans la presqu'île de Kutch où l'épidémie tue cent personnes par jour. Il est vite à court de sérum et décide que ça suffit. Il écrit à Calmette qu'il s'en va. Il a déjà la réputation méritée d'un ours et d'un emmerdeur. À la gare, on aimerait savoir qu'il achète les deux tomes du *Livre de la jungle* que vient de faire paraître Kipling. Celui-là bientôt recevra le Nobel que Yersin n'aura jamais. Maintenant la peste a gagné Suez.

L'Institut Pasteur envoie à Bombay Paul-Louis Simond pour le remplacer. Calmette le met en garde par écrit : « Ce brave Yersin est vraiment trop sauvage. Son attitude à Bombay a déplu beaucoup, et je crains que vous ayez quelque peine à rectifier l'impression désagréable qu'il a produite. » Simond est en effet froidement accueilli, et l'image des pasteuriens laissée par Yersin et Haffkine est un peu celle d'une bande de jeunes prétentieux hautains et sûrs d'eux-mêmes, qui se contentent de hausser les épaules sans répondre lorsqu'on leur donne un conseil. Simond s'en plaint à Paris et Calmette lui répond que, « pour ce qui concerne Yersin, je ne suis nullement surpris de ce que vous me dites. Avec son tempérament sauvage, il a dû commettre pas mal de maladresses à l'égard des confrères anglais ». Simond mettra toute une année à arrondir les angles. Il se fera finalement accepter en découvrant que la puce est le vecteur de l'épidémie.

C'est à Nha Trang que Yersin lit le compte rendu. Il secoue la tête, il avait pensé au rat et oublié la puce. La puce est un insecte ptérygote, comme son père le savait sans doute. L'expérience de Simond est simple, qui consiste à enfermer dans une cage grillagée un rat infesté, à l'entourer d'autres cages grillagées contenant des rats neufs, ainsi qu'on appelle les animaux d'élevage dans les laboratoires. Aussitôt Yersin, beau joueur, félicite

Simond d'avoir ainsi bouclé par ce codicille l'étiologie de la maladie.

Il a pas mal bougé lui aussi, ce Simond. Yersin se demande où peut être aujourd'hui son vieil ami. C'est le début de quarante et un. Yersin maintenant a soixante-dix-huit ans.

Les communications entre l'Europe et l'Indochine sont quasiment impossibles, ou aléatoires, soumises à la censure ici de l'occupation japonaise et là-bas de l'allemande. Depuis près d'un an qu'il est descendu de la petite baleine blanche, dans son oisiveté forcée il imagine ses vieux amis dans le broyeur de la guerre. Dans la grande maison carrée de Nha Trang, il écoute la radio française et déchiffre l'idéologie du vichysme, écoute la radio anglaise et se met à admirer les Anglais qui seuls résistent. La radio allemande vante encore pour la galerie le pacte Molotov-Ribbentrop, la connivence du nazisme et du stalinisme, puis d'un coup les chars Panzer envahissent en juin l'Union soviétique. Yersin ne se fait aucune illusion, se dit peut-être que la guerre est à la politique ce que la fornication est à l'amour, et qu'il faut bien de temps à autre en passer par là. Était-ce bien la peine de vivre aussi vieux ?

Était-ce bien la peine tous ces progrès dont il fut le héraut ? Déjà des physiciens enfermés à Los Alamos inventent les armes atomiques. Partout les découvertes des pasteuriens servent à fabriquer des armes bactériologiques. Sur une radio suisse, il apprend la mort à Zurich, en janvier dernier, de l'écrivain irlandais qui était son voisin du Lutetia, Joyce convaincu que la guerre mondiale était une vaste conspiration contre la parution de *Finnegans Wake* qu'il venait enfin d'achever. Tout ça lui parvient dans le désordre et la confusion. L'armée thaïlandaise alliée des Japonais envahit le Cambodge et le Laos, détruit l'aérodrome français d'Angkor où faisait escale la petite baleine blanche d'Air France. Il apprend par un courrier du gouverneur général à Hanoi, l'amiral Decoux, la mort de Loir, le neveu de Pasteur, il se souvient du temps que la petite bande était encore rue Vauquelin, avant le départ de Loir pour l'Australie. Aux dernières nouvelles il était au Havre. Il n'est jamais bon d'habiter les ports pendant les conflits. Que sait-il du Goulag et de Treblinka, Yersin, assis seul la nuit devant son poste de radio ?

Il sait que les juifs à Paris portent l'étoile jaune. Il n'a plus depuis longtemps de contact avec son ancien condisciple Sternberg. Est-il un vieux médecin retraité à Marburg, qui échappe à l'interdiction d'exercer puisqu'il n'exerce plus ? Lorsqu'il croise dans la rue des aryens doit-il descendre du trottoir ? Il se souvient de leurs espoirs et de leurs conversations sur la peste. Qui veut noyer son chien l'accuse de la rage. Il sait qu'à l'entrée du square Boucicaut, en bas du Lutetia, on a planté le panneau « Parc à jeux, Réservé aux enfants, Interdit aux juifs ». Après Pearl Harbor, en décembre, c'est la guerre du Pacifique, et les Américains dirigent leur armada vers les Philippines. Les mois défilent et les nouvelles sont toujours mauvaises. C'est quarante-deux. Exilé au Brésil, Zweig, qui comme lui passe ses nuits devant la radio, se suicide à Petrópolis à l'annonce de la chute de Singapour parce que tout est perdu. Yersin a soixante-dix-neuf ans.

L'amiral Decoux, réfugié à Dalat, l'ennuie pour qu'il rédige à nouveau la grande histoire de la peste à Hong Kong, les premières vaccinations en Chine. Il sait bien qu'on voudrait l'utiliser à des fins de propagande, le convertir en soldat de la guerre idéologique. Dans cette Indochine sous occupation japonaise, rappeler la victoire de l'Institut Pasteur sur l'Institut Koch, de Yersin sur Kitasato, et que ça n'est pas un savant de l'Axe qui a vaincu la grande terreur en noir, et que le génie est du côté des Alliés.

Parce qu'il a relu ses carnets, il rédige ses souvenirs d'exploration, c'est un peu bâclé. Ça paraît dans les journaux. Encore une fois il sait bien qu'on utilise son immense prestige, qui n'est qu'un hasard génétique, d'être le dernier survivant de la bande à Pasteur. Certains Vietnamiens conspirent avec l'occupant pour éjecter la France vaincue. Face à cette ingratitude des Viêts, Vichy entend bien leur rappeler que toutes ces routes, ces lignes de chemin de fer, ces châteaux d'eau, ces hôpitaux : c'est les Japs, peut-être, hein ?

la vraie vie

Comme nous tous Yersin cherche le bonheur.
Sauf que lui, il le trouve.

Après Bombay, c'est fini. La peste soit du
corps médical. Yersin entend jouir du privilège,
à trente-cinq ans, de se soustraire à la politique
et à l'Histoire. Il choisit la belle solitude propice
à la recherche poétique et scientifique. Il est dans
la force de l'âge. La barbe noire et l'œil bleu.
Finalement, ça n'est pas une vie que de bouger
tout le temps. Maintenant ce sont ces déplacements
incessants qui l'ennuient. Il en a pris sa dose. Ça
commence à lui courir sur le haricot. Il connaît
le paradis, Nha Trang, et ne veut plus le quitter,
l'embellir encore, créer ici un Institut Pasteur, en
finir avec le bricolage et l'artisanat qui ont coûté
la vie à Pesas.

Assis à son bureau dans un fauteuil en rotin, devant
les revues scientifiques, Yersin étudie l'architecture
et se fait bâtisseur. Il abandonne la bicoque en bois

de la Pointe des Pêcheurs, dessine une maison qui est un cube de briques de trois niveaux, tout autour une galerie à claire-voie sous arcades de deux mètres de large. En bas la cuisine, au premier la chambre et en haut le bureau et la bibliothèque où sont serrées les revues scientifiques. La vue est circulaire au-dessus de l'éblouissement continu de la beauté, les barques de pêche, qui le soir descendent la rivière et allument leurs lamparos au bout des perches, gagnent le large. À l'aube le vent les ramène. On débarque sur la plage poissons et crevettes, près du chantier où les charpentiers assujettissent les membrures des nouveaux sampans. Le parfum des fleurs et l'odeur de la terre après l'averse montent vers le bureau où Yersin dessine maintenant des maisons pour les vétérinaires et les laborantins, murs chaulés et boiseries peintes en vert clair, toits de tuiles brunes et vérandas, dans le style de ces villas balnéaires normandes qu'il vit à Cabourg.

En retrait de la côte, on élève le bâtiment de l'Institut lui-même, cinquante mètres de long sur dix de large, où seront les laboratoires, les salles pour la saignée des animaux, que jouxtent les hangars de stabulation, les bœufs et les chevaux en cours d'immunisation à diverses infections. Le projet bénéficie du soutien de son ami Paul Doumer, toujours gouverneur général, l'orphelin d'Aurillac, le fondateur de Dalat. Yersin recrute laboureurs et palefreniers, développe l'élevage et l'agriculture pour nourrir le cheptel. « Je suis en train d'élever un moulin à vent destiné à puiser de l'eau. »

Assis à son bureau dans un fauteuil en rotin, devant les revues scientifiques, Yersin étudie la physique, la mécanique, l'électricité. Depuis Paris il fait apporter par le navire des Messageries une armoire-étuve et un four à flamber, une machine à glace au gaz, de marque Pictet. Une pompe à eau et une turbine fourniront l'électricité à l'Institut ainsi qu'au village des pêcheurs. Il essaie de diminuer les coûts en mettant la main à l'ouvrage, et puis aussi ce sont ses cerfs-volants : « Cette partie de la physique m'a toujours intéressé, et j'en sais assez pour faire l'installation moi-même, sans qu'il soit nécessaire de faire appel à un ingénieur électricien spécialisé. » Il passe commande au constructeur Serpollet de sa première automobile à vapeur, une Serpollet 5-CV qui atteint vingt-cinq à l'heure.

Yersin est le démiurge d'un rêve éveillé qu'il réalise. Bientôt il se rend acquéreur à Suôi Giao, qui est aujourd'hui Suôi Dâu, d'une concession de cinq cents hectares. C'est alors un maquis de broussailles à une vingtaine de kilomètres de la côte. Une rivière affluente de celle qui se jette ici devant chez lui dans la mer de Chine permet d'y accéder en sampan. On défriche, prépare des pâturages et des cultures de céréales. Yersin façonne une petite planète en autarcie, une métonymie du monde, une arche du salut, un jardin d'Éden interdit aux virus relégués en enfer. On assainit les mares par faucardement. Ce sont bientôt des centaines de bœufs, de buffles, de chevaux, de vaches, trois cents moutons et autant de chèvres. Les bestiaux sont répartis dans des parcs d'une cinquantaine de têtes, isolés, qu'une double enceinte gardée protège des grands fauves et des petits bacilles.

La nouvelle mission qu'il s'attribue est celle du suprême savant, du multiplicateur de progrès. Il est entouré des fils de pêcheurs devenus pasteuriens et de pasteuriens venus de Paris et de Saigon. Dans les laboratoires, on lance des recherches sur la gourme, le tétanos, le charbon, le surra, la fièvre aphteuse, la pasteurellose, le barbone et la piroplas-mose. Yersin fait venir de Suisse par Marseille des caisses de cloches. « Depuis que nos vaches ont des cloches, le tigre les enlève beaucoup moins et semble maintenant rechercher nos chevaux. » Et puis comme ça, doucement, on change de siècle.

On entre dans le vingtième, dont on ne sait pas encore qu'il sera le pire, celui des barbaries infinies après celui des rêves d'un progrès infini. Pourtant ça commence en fanfare. C'est la Belle Époque. C'est encore l'optimisme des sciences et des techniques et des maladies éradiquées, des vaccinations préventives et curatives.

Assis à son bureau dans un fauteuil en rotin, devant les revues scientifiques, Yersin étudie l'agro-nomie et la chimie. Il mène des tentatives pour substituer le paddy à l'avoine dans l'alimentation des chevaux, fait aménager des cultures en étages sur les collines pour déjouer et rassembler les cli-mats. Après l'échec de l'Arabica, on plante deux mille caféiers Liberia, des plantes médicinales, parmi lesquelles mille pieds d'*Erythroxylum coca* pour la préparation de la cocaïne alors utilisée en pharmacie.

Après le froid indien consécutif à ses sautes d'humeur, ses relations se sont réchauffées avec Paris. « Mon cher Calmette, ce n'est pas croyable mais c'est cependant exact : j'ai reçu une lettre de Roux datée de Ceyzérieu ! Une vraie bonne fortune pour moi, car quand l'ami Roux se décide à prendre la plume, c'est toujours pour écrire des choses intéressantes. » Il fait le voyage de Paris. « Je comptais prendre le Transsibérien, mais je crains qu'il ne fasse encore trop froid à ce moment-là. » Le labourage et le pâturage n'entrent pas dans les missions premières de l'Institut Pasteur, n'en sont pas les deux mamelles. On crée une société privée aux noms de « Messieurs Yersin, Roux & Calmette ».

Les échanges qui suivent son retour ressemblent parfois, avec le recul, aux relevés d'écoutes téléphoniques d'un cartel. Roux écrit à Yersin. « Le premier soin de Bertrand après votre départ a été de chercher de l'acide tungstique. Il en a trouvé en Angleterre et nous avons arrêté une tonne au prix fantastique de six mille cinq cents francs. Pas moyen de l'avoir à moins. Il sera expédié par Hambourg pour Saigon. L'acide sulfurique partira par Marseille ainsi que le silicate. Vous voyez que nous avons risqué le grand sacrifice. Il n'est pas dit que dans ces conditions la cocaïne donne beaucoup de bénéfices. D'autant plus qu'un concurrent des plus sérieux vient de paraître sur le marché, sous la forme d'un corps nouveau préparé par synthèse, la stovaïne, qui est un anesthésique moins toxique que la cocaïne et aussi actif à double dose. » Curieux courrier, qui ne mentionne pas que l'inventeur de la stovaïne, quelques mois avant cette lettre, est lui-même un pasteurien de l'Institut, Ernest Fourneau, chimiste comme Pasteur.

Yersin développe sa production et concocte un concentré liquide, lequel aurait pu faire de lui le milliardaire inventeur d'une boisson noire et pétillante s'il en avait déposé le brevet. Il donne à celle-ci le nom de Kola-Cannelle qu'il pourrait abréger en Ko-Ca. Depuis Nha Trang il écrit à Roux. « Je vous ai expédié, par colis postal, une bouteille de Kola-Cannelle. Prenez-en un centimètre cube et demi environ dans un verre d'eau sucrée lorsque vous vous sentirez fatigué. J'espère que cet "élixir de longue vie" aura sur vous la même action remontante que sur moi. »

Yersinia coca.

On cultive le tabac lui aussi en voie de prohibition, et le manioc moins menacé. On dénombre cependant des échecs, dont Yersin consigne les noms dans un carnet : la vanille, la muscade, la gutta-percha et le maïs ne sont toujours pas acclimatés. Le domaine abrite une communauté agricole et scientifique, un dispensaire pour les habitants du village. Le soir Yersin referme les carnets et les revues, songe à l'avenir de son royaume de paix et de prospérité, s'inquiète de la pluie. Il sait l'avidité du pré sous l'averse.

On songe au héros de *L'Or* de Cendrars, son compatriote helvétique le général Sutter en son royaume de Californie. La nuit, si Yersin s'ennuie, il dessine les plans d'un château d'eau. Et le lendemain il se met à construire un château d'eau. Pendant quarante ans, il choisira dans chaque endroit du monde ce qu'il y a de plus beau dans la nature pour l'acheminer vers Nha Trang, les plantes et les animaux, les arbres et les fleurs. Les revenus alors ne sont pas encore agricoles. Toutes ces plantations c'est un gouffre. Pas plus que Pasteur avec la rage, Yersin n'a déposé de brevet pour son vaccin. Un peu comme ces moines, subvenant aux besoins de leur vie matérielle par l'élaboration de quelque liqueur, chartreuse ou gentiane, c'est ici le sérum contre la peste bovine qui permet la survie. On en vend bientôt mille doses par mois aux éleveurs.

De temps à autre, Yersin fait parvenir un texte aux *Annales de l'Institut Pasteur* dont le titre est toujours laconique. *Études sur quelques épizooties de l'Indochine.* Comme un poète parnassien retiré enverrait encore quelques vers aux revues. En France la poésie moderniste succède à l'alexandrine. Yersin ignore Apollinaire et Cendrars et ses poèmes à la grande tour Eiffel sidérale. Il ignore qu'à Montparnasse non loin de l'Institut se côtoient bientôt Rivera et Soutine, Modigliani et Picasso. Toutes ces foutaises de la peinture et de la littérature, il les ignore, Yersin. Il est enfermé à Nha Trang, l'œil rivé au microscope, ou bien, son bâton à la main, il arpente à grandes enjambées les herbages.

Comme nous tous Yersin cherche à faire de sa vie une belle et harmonieuse composition.

Sauf que lui, il y parvient.

à Hanoi

Puis c'est la tuile. Un courrier de Paul Doumer, l'orphelin d'Aurillac, et toujours gouverneur
général. Huit ans qu'il a découvert le bacille de la
peste, quatre ans qu'il est tranquille à Nha Trang.
Le nouveau siècle a deux ans. C'est un poupon.
Il est mignon tout plein.

Mais c'est Doumer, et Doumer s'en va. Ils avaient
entrepris ensemble l'ascension vers le plateau du
Lang Bian, où Doumer aussitôt avait fait édifier
le sanatorium de Dalat. Ils ont remonté ensemble
le Mékong, depuis son delta jusqu'à Phnom Penh.
Doumer quitte l'Asie. Il s'en va reprendre en France
sa carrière politique, se jeter à nouveau dans la cage
aux fauves. Où est alors le cinglé russe Gorguloff ?
Où en est la manigance du fatum, qui dans trente
ans, très exactement, mettra ces deux-là face à face,
et dans la main de l'un le browning qu'il videra
sur la poitrine de l'autre ?
Avant de venir occuper, à Hanoi, le poste de
gouverneur général de cette région que les géo-

graphes, jusqu'à Jules Ferry, appelaient encore l'Inde trans-gangétique, puis l'Indo-Chine et finalement l'Indochine, Doumer avait été à Paris le très jeune ministre des Finances venu de la gauche radicale, et avait inventé, puis fait voter, le premier impôt sur le revenu pour faire cracher les riches. Il veut ici laisser une trace dans l'histoire coloniale, et avant son départ poser la première pierre d'un vaste ensemble sanitaire, dont il souhaite confier la direction à Yersin. Une école de médecine et un laboratoire rattaché à l'Institut Pasteur, un hôpital et un centre d'hygiène. C'est Doumer et Yersin quitte Nha Trang pour Hanoi.

Il n'a pas revu la ville verte et brumeuse depuis longtemps, depuis son retour de chez les Sedangs avec le père Guerlach, puis son entrevue avec Lefèvre avant son départ pour Hong Kong. La ville neuve de Hanoi a vingt ans de moins que celle de Saigon. Les Français du Tonkin ont mis les bouchées doubles. En vingt ans, comme s'ils étaient là pour des siècles, avec l'assurance et l'aplomb et l'aveuglement de Romains perdus dans les Gaules, ils ont bâti pour se rassurer l'hôtel Métropole et le palais Puginier, ouvert l'hippodrome et les halles, assaini et drainé les deux lacs. La ville compte déjà soixante-dix mille habitants. Yersin a fait embarquer la Serpollet 5-CV à la Pointe des Pêcheurs. Depuis Haiphong, une jonque l'a convoyée sur le fleuve Rouge. C'est la première voiture automobile de la capitale. Assis au volant, Yersin remonte à faible vitesse les larges avenues ombragées de platanes.

Les beaux quartiers sont les premiers en Asie équipés de l'électricité, de l'eau courante et de l'éclairage public. Au hasard des rues paisibles, des villas à colonnes et fronton, blanches ou ocre, au fond des jardins taillés le long des allées ratissées. Des villas à colombages aussi, dont les pignons pointus s'élèvent derrière les grilles au-dessus de la végétation foisonnante et obscure. Une ville proustienne, et ces nostalgies de Cabourg ou de Deauville qu'elle a toujours en certains endroits.

Les cyclo-pousse laissent le passage à l'engin pétaradant. Les charretiers resserrent les œillères des chevaux. Des marchandes sous leur chapeau conique, une palanche sur l'épaule, observent la machine trop large pour le lacis des venelles du quartier des guildes. En limite de la vieille ville et de la française, non loin du Petit Lac où se dresse la pagode rouge de l'Épée restituée, Yersin stationne devant l'entrée du Métropole, qui est encore, un siècle après l'installation de Yersin en ses murs, l'hôtel le plus agréable de ce qui est aujourd'hui la capitale du Vietnam. Le fantôme du futur, l'homme au carnet en peau de taupe, celui qui suit Yersin depuis Morges, qui a séjourné au Zur Sonne de Marburg, au Royal de Phnom Penh, a rencontré avec lui Calmette dans un salon du Majestic à Saigon, et l'empereur Bao Dai au Lang Bian Palace de Dalat, et Roux à la brasserie du Lutetia, s'assoit au bar, pendant que Yersin signe sa fiche à la réception.

Doumer l'attend déjà ici devant un verre et des plans déroulés.

Yersin jamais ne fait preuve d'aucun masochisme. Pas du genre à s'offrir un trek. Il supporte sans broncher l'inconfort lorsque c'est nécessaire, celui des bivouacs et les nuits froides dans les montagnes. Il a connu les paillotes et les salas envahies d'insectes. Il préfère, lorsque c'est possible, le confort très posh des paquebots et des palaces.

Depuis le Métropole, il écrit à Simond, l'homme de la puce, qui a quitté l'Inde pour le Brésil. Il aimerait le convaincre de venir le seconder, voire le remplacer. Pour la nouvelle école de médecine, l'architecte « estime que les travaux coûteront quinze cent mille francs ! C'est cependant beaucoup moins cher et plus utile que le théâtre de Saigon ». Il lui laisse le temps de réfléchir, et de mener ses recherches en Amérique sur la fièvre jaune. « J'ai été très intéressé par les détails que vous m'avez donnés dans votre lettre sur votre installation à Petrópolis et le commencement de vos travaux. »

Dès que les bâtiments de Hanoi sont inaugurés, Yersin se charge de la gestion du complexe sanitaire, du recrutement du personnel et de l'admission des candidats médecins et infirmiers. Il conçoit les programmes sur le modèle français, avec consultation à l'hôpital le matin au chevet du malade et théorie l'après-midi. Il choisit de dispenser lui-même les cours de physique, de chimie et d'anatomie. Et l'on imagine la surprise de Roux au souvenir de la vieille engueulade pour que le jeune Yersin accepte de reprendre son cours de microbie. Mais c'est Doumer et Yersin lui a donné sa parole.

À la fin de la première année, une promotion de onze carabins est admise aux examens. « Nos élèves en médecine ont beaucoup travaillé, nous en avons qui sont tout à fait excellents et qui valent nos meilleurs étudiants de France. Ce qui est intéressant, c'est que même les sujets intelligents travaillent énormément. On peut presque dire qu'il n'y a pas de paresseux. » Yersin, de temps à autre, fait un saut à Nha Trang où il continue d'agrandir le domaine, de surveiller la croissance de ses hévéas et la production des vaccins. L'été il quitte sa chambre du Métropole et prend un billet pour Marseille. Il emmène avec lui un fils de pêcheur dont il a fait un mécanicien, Qué. Ils ont rendez-vous avec Léon Serpollet lui-même, le premier producteur industriel au monde de voitures automobiles. Sur la route de Paris à Beauvais, les trois hommes, cheveux au vent, atteignent le cent à l'heure à bord de la nouvelle Serpollet 6-CV, bolide absolument moderne dont Yersin enthousiaste commande un exemplaire qu'il fait livrer directement à Hanoi.

Après deux années de direction et d'administration, tout cela fonctionne, et Yersin estime pouvoir enfin démissionner.

Il aura été deux ans chercheur à l'Institut Pasteur de Paris, deux ans médecin de bord pour les Messageries, deux ans directeur de l'hôpital de

Hanoi. Il se lasse vite de tout sauf de Nha Trang. Doumer est parti. Plus tard, on donnera son nom au grand pont sur le fleuve Rouge, le pont Paul-Doumer aujourd'hui Long Biên.

Yersin a quarante ans, ce qui déjà n'est plus l'âge de crapahuter. Dans la sérénité de l'âge mur, il s'emploie à développer d'autres dons. Sa vie à Hanoi n'aura été qu'une parenthèse quand d'autres verraient là le début d'une carrière hospitalière, un avenir de grand patron en blouse blanche. Il met encore des mois à régler sa succession. Après bientôt trois ans à Hanoi, il retourne à Nha Trang après un nouveau séjour à Paris et un dernier passage à Morges. Une dernière fois, il embrasse la vieille Fanny dans le petit salon fleuri de la Maison des Figuiers au bord du Lac. Elle meurt l'année qui suit.

Il a cinq ans déjà, le nouveau siècle. Le siècle vaurien. Jusque-là tout va bien. Il profite. Il est difficile d'imaginer que les tortionnaires et les bourreaux furent des enfants souriants. Le futur monstre a cinq ans : Fanny meurt la même année que Jules Verne, et aussi Brazza, dont la dépouille est rapportée de Dakar à Marseille. Cette année-là, le siècle montre déjà de graves dispositions, que Yersin consigne. « On peut se demander si la guerre n'est pas imminente entre l'Angleterre et l'Allemagne. Pourvu que la France n'y soit pas mêlée ! » C'est la première révolution russe et Trotsky prend la tête des soviets à Saint-Pétersbourg. Le prix Nobel est décerné au grand lama Koch. C'est dix ans après la mort de Pasteur. À Paris, Yersin retrouve Paul Doumer dont la carrière progresse vers son destin tragique. Il est devenu président de l'Assemblée nationale.

Yersin écrit à sa sœur Émilie, en premier lieu pour lui annoncer qu'il renonce à sa part de l'héritage, à l'argent des guenons. Parfois les sœurs sont aussi soigneuses que les mères et nous disposons encore de leur correspondance. Ces lettres-là, cependant, sont moins nombreuses, moins longues, moins intimes, moins détaillées sauf s'il est question des poulets.

La sœur célibataire, la yersine, après des études de piano, et les bonnes manières acquises à la Maison des Figuiers, plutôt qu'un beau mariage, avec son petit capital veut se faire bâtir un chalet à Bellevue au-dessus du Lac, imagine élever des marmottes ou des abeilles, se décide pour l'aviculture. Elle a quarante-cinq ans. Yersin, le vieux célibataire, après ces quelques années de médecine à Hanoi, retrouve à Nha Trang ses lubies. Les chiens ne font pas des chats. Ces lubies du frère et de la sœur, ce sont celles du père, du professeur en redingote noire et chapeau haut de forme, de l'industrie des poudres et du système cérébral du grillon champêtre.

la controverse des poulets

On déroule souvent l'histoire des sciences comme un boulevard qui mènerait droit de l'ignorance à la vérité mais c'est faux. C'est un lacis de voies sans issue où la pensée se fourvoie et s'empêtre. Une compilation d'échecs lamentables et parfois rigolos. Elle est comparable en cela à l'histoire des débuts de l'aviation. Eux-mêmes contemporains des débuts du cinéma. De ces films saccadés en noir et blanc où l'on voit se briser du bois et se déchirer de la toile. Des rêveurs icariens harnachés d'ailes en tutu courent les bras écartés comme des ballerines vers le bord d'une falaise, se jettent dans le vide et tombent comme des cailloux, s'écrasent en bas sur la grève.

Émilie dilapide l'argent des guenons pour des poules. Elle investit son modeste magot dans la construction et l'équipement d'un grand poulailler modèle à Lonay. Yersin essaie de l'en dissuader. Autant pisser dans un violon. Ces deux-là sont d'espèces jumelles et leur entêtement est sans limites. Émilie devient la première importatrice en Europe d'un aliment américain en granulés absolument moderne pour la volaille, le Full-o-Pep. Elle mène des expériences et chaque jour en consigne les résultats dans un carnet, le nombre d'œufs et la prise de poids des poulets à viande. Elle publie des chroniques dans *La Vie à la campagne* et dans *La Terre vaudoise*.

Bien qu'il apprécie tout particulièrement les œufs de poule, lesquels constituent, avec les légumes, la base de son alimentation, Yersin jusqu'alors avait porté peu d'attention à sa basse-cour, des petites poules annamites, grises et anonymes, en liberté grattant la terre devant la maison, auxquelles il interdit l'accès au potager. Il les voit à présent d'un autre œil et elles aussi. Elles le regardent en clignant de la paupière, avec ces petits hochements de tête penchée en cascade, comme mécaniques, sentent bien qu'il couve quelque chose, et qu'elles vont devenir des poules scientifiques. Les pasteuriens, comme chacun sait, doivent beaucoup à la poule. Yersin décide d'améliorer par croisement la variété locale. Sa sœur lui fait parvenir un grand coq vaudois pour ses poulettes annamites. Et là, sans doute, c'est la petite bande des freudiens qu'il faudrait interroger sur cette incestueuse procuration. Les poulettes ébouriffées n'ont pas vu le coup venir. Elles prennent goût à la recherche scientifique.

Pourtant ça ne suffit pas, et il faut encore une fois en venir au microscope, aux revues scientifiques. Assis à son bureau, dans son fauteuil en rotin, Yersin étudie l'embryologie, et le principe de Haeckel, selon lequel le développement d'un seul être, l'ontogenèse, récapitule en embryologie du poussin celui de toute l'espèce, la phylogenèse, et qu'en accéléré, à l'intérieur de l'œuf, le fœtus parcourt à grande vitesse l'évolution des gallinacés depuis le reptile. Parce qu'il aime les œufs, parce qu'il aime sa sœur, Yersin voudrait savoir comment avec du jaune et du blanc d'œuf on obtient un bec, des plumes, des pattes, bientôt dans l'assiette l'aile ou la cuisse et parfois des frites. Quand il s'y met, il ne fait rien à moitié et retrousse les manches de sa blouse blanche. Il faut toujours qu'il sache tout, Yersin, c'est plus fort que lui. Le vainqueur de la peste ne baissera pas les bras devant le poulet.

La correspondance s'amplifie, chacun poursuit ses expériences de part et d'autre de la planète. Émilie s'emballe pour le xographe, un engin de concours Lépine, dont l'inventeur, Nostradamus de l'aviculture, prétend qu'il permet de déterminer le sexe du futur poussin dès la ponte. Yersin hoche la tête. « Cet appareil me semble être de la catégorie des tables tournantes et autres facéties semblables. Il faudrait connaître le principe sur lequel il est basé. » Il en commande deux exemplaires, entreprend une étude scientifique avec son assistant zoologiste, Armand Krempf, par la méthode des statistiques.

Pour cela il se prend d'intérêt pour la couvaison. Comme chaque fois il ne fait rien à moitié, dessine une volière de deux cents mètres carrés et haute de dix mètres. Il importe des poulettes bleues leghorn et des coqs indiens, une couveuse électrique Spratt, conçoit pondoirs et perchoirs.

Les deux hommes relèvent chaque jour le nombre des œufs et leur poids, les mesurent au palmer, décrivent les malformations de certains poussins à l'éclosion. Et l'immense savant que Roux et Pasteur n'ont pu conserver auprès d'eux, le génie scientifique qui en deux coups de cuiller à pot, chaque fois qu'il a daigné s'y consacrer, a résolu les énigmes de la microbiologie, le voilà confiné dans son poulailler, les bottes en caoutchouc dans la paille et la fiente. À tour de rôle, Yersin et Krempf, les sourcils froncés, font tourner le pendule au-dessus de l'œuf numéroté, consignent dans un carnet la prédiction du Nostradamus de l'aviculture, puis déposent l'œuf avec précaution dans la couveuse Spratt comme dans la crèche des chrétiens.

Et tous les vingt et un jours, c'est le joyeux bordel des coquilles brisées à coups de bec. Les deux rois mages pasteuriens attrapent les poussins avant qu'ils ne s'égaillent et qu'on oublie leur numéro. Les doctes savants en blouse blanche avec leur loupe cherchent quoi dans la boule de mimosa ? Une bite de poussin ou des petits nichons de poussine on ne sait pas. En tout cas ça ne marche pas. Le xographe est une fumisterie, il ne reconnaîtrait même pas la poule aux œufs d'or, je l'avais bien dit, on range le bidule dans un placard, ou on l'offre aux gamins du village qui en trouveront meilleur usage.

Pendant qu'on patauge à Nha Trang dans la merde de poule, les prix Nobel commencent à pleuvoir sur les pasteuriens de Paris. Laveran pour ses travaux sur la malaria. Metchnikoff pour ses recherches sur le système immunitaire. Yersin met fin à l'expérience aviaire et consigne ses conclusions, dont il envoie une copie à Émilie. Il préconise, pour obtenir de meilleures pondeuses en Indochine, de métisser les annamites avec des wyandottes. Il invente une alimentation équilibrée pour les gallinacés, bien préférable au Full-o-Pep américain, plus économique, et adaptée aussi à la Suisse, une mixture à base de farine de haricot, de sang séché et de poudre de feuilles de sensitive, écrit une note là-dessus mais pas de quoi décrocher le Nobel.

une arche

La belle folie de Yersin peut-être est biblique. Elle prend ses racines dans de lointains souvenirs des lectures canoniques de l'Église évangélique libre de Morges. À un moment le nomade interrompt sa course et se fait sédentaire, le chasseur-cueilleur devient éleveur ou agriculteur. Abel ou Caïn. À l'âge où son père écrase du front le dernier grillon, il y pensait sans doute, que son tour était venu. Ou bien il généralise un nouveau principe de Haeckel, selon lequel chacun au cours de sa vie reprendrait en accéléré l'histoire de l'humanité. L'anévrisme n'est pas héréditaire. Il est maintenant plus vieux que son père. Il a mouillé ici l'ancre de l'arche à Nha Trang pour les nombreuses années qu'il lui reste à vivre. Il l'ignore.

Assis à son bureau, dans son fauteuil en rotin, Yersin compulse des revues de mécanique ou des revues vétérinaires. Il écrit à Paris ou en Suisse : un jour il importe des lapins de race normande ou hollandaise, un autre jour c'est une lunette méridienne, un canot à vapeur Serpollet, un phonographe et des dizaines de rouleaux de musique, ou bien un chronomètre-enregistreur de Ditisheim. Et à chaque escale du navire dans la baie, on décharge la cale d'Ali Baba, les matelots approchent à l'aviron de la Pointe des Pêcheurs à contre-jour sur le couchant pourpre, et les porteurs en file, paquets et caisses sur la tête, avancent sur la jetée, vers la maison du docteur Nam qui les attend sous la véranda. La recension de son fourbi, à une notable exception près, on la trouverait à la fin d'une lettre signée *Rimbaud*, *Aden*, *Arabie* : « Je veux l'ensemble de ce qui se fabrique de mieux en France (ou à l'étranger) en instruments de mathématiques, optique, astronomie, électricité, météorologie, pneumatique, mécanique, hydraulique et minéralogie. Je ne m'occupe pas d'instruments de chirurgie. »

Assis à table sous la véranda, devant la munificence de la baie ensoleillée, Yersin lentement se nourrit d'œufs et de légumes, d'un peu de viande, ne boit que de l'eau, repose sa serviette. Les plats sans doute ont le goût merveilleux des feuilles de rau răm. Le reste de la journée, il s'occupe d'élevage et d'agriculture. Il mérite le grand titre de paysan et vit dans le paysage, loin du monde railleur et de la foule impure. Avec la minutie de son père entomologiste et la démesure des bâtisseurs d'empire, Yersin travaille à l'extension de son domaine, sur le modèle des roças portugaises qu'on voit encore à São Tomé et Príncipe. C'est déjà une longue lanière de terrains en pente depuis les contreforts de la chaîne annamitique jusqu'à Nha Trang, un échantillon de climats, une hacienda verticale, un grand tapis qu'il voudrait un jour dérouler du sommet jusqu'à la mer. On remonte toujours plus haut vers la montagne, agrandit encore, ouvre de nouvelles stations. Une parcelle gagnée sur la forêt est aussitôt ensemencée d'herbe pour les troupeaux.

Les équipes agricoles sont de plus en plus nombreuses. On trace le plan d'un village à Suôi Giao, maintenant à mi-chemin de l'Institut et des nouvelles plantations, là où personne encore n'était venu s'installer. Sur l'étendue vierge sont élevés des maisons à pilotis, des hangars, des séchoirs à tabac, un laboratoire de chimie avec un appartement pour les chercheurs. Yersin se fait bâtir là un bungalow, dessine un village modèle, une république antique, propose aux chasseurs-cueilleurs de se faire agriculteurs ou éleveurs. Abel ou Caïn. Yersin met à leur disposition une centaine d'hectares défrichés pour la culture du riz de montagne. Il fait aussi planter du lin pour le tissage.

Et vêtir les sauvages de probité candide.

un avant-poste du progrès

On commence à l'accuser de dispersion. On n'a pas vraiment tort. Yersin est le découvreur du bacille de la peste et l'inventeur du vaccin contre la peste. Il devrait être à Paris ou à Genève, à la tête d'un laboratoire ou d'un hôpital, à l'Académie, une sommité, un mandarin. On le dit retiré dans un village de pêcheurs à l'autre bout du monde. Les journalistes qu'il refuse de recevoir sont bien obligés d'inventer, de tresser la légende noire. On le dit parfois seul au fond d'une cabane et marchant sur sa barbe d'ermite. On le décrit comme le roi fou d'une peuplade abrutie sur laquelle il se livre à des expérimentations cruelles et difficilement imaginables. Un nabab tirant profit de la science et de ses tours de passe-passe devant des guerriers naïfs dont il se proclame le chef envoyé du ciel. Un tyran prenant prétexte de la magie du gaz et de l'électricité pour asservir quelques tribus sanguinaires qui lui rendent un culte et lui sacrifient des vierges. Un Kurtz ou un Mayrena, solitaire et égaré en son esprit comme en son royaume. Il est vrai que le premier pain de glace concassé au marteau à Nha Trang a dû produire son effet. À la sortie de la machine à gaz Pictet : le lit blanc et scintillant des éclats inconnus qui brûlent la main, et sur lesquels les poissons restent frais jusqu'au lendemain, c'est tout de même aussi fort que de les multiplier au bord du Jourdain.

Yersin allie les miracles de la modernité à son goût de la mécanique, du cambouis et de la clef à molette comme de la seringue et du microscope, de la blouse blanche et de la salopette bleue. Parce qu'il lui faut bien, premier automobiliste, ouvrir la première station-service. « Je viens d'achever les arrangements nouveaux à ma Serpollet 6-CV. Je l'ai essayée hier et la marche a été parfaite. J'ai commencé aujourd'hui la remise en état du canot qui me prendra bien une dizaine de jours, puis il y aura encore à monter le moteur fixe actionnant une pompe à eau du laboratoire, puis la réparation de mon ancienne Serpollet 5-CV, enfin celle de ma motocyclette et du moulin à eau, me voilà du coup ingénieur. »

Contrairement à la fable du savant fou perdu dans les jungles, l'activité de Yersin, pendant ces années-là qui précèdent la Première Guerre mondiale, est paisible et plutôt même rébarbative aux yeux du profane. Il met son sens de l'observation, sa précision extrême, son goût des chiffres, sa ponctualité maniaque au service du chantier de construction de la ligne de chemin de fer qui reliera Nha Trang à Phan Rang. Ces chantiers ont la réputation d'être des abattoirs. C'est la vieille image d'un mort par traverse.

À son arrivée au Congo, Conrad, qui allait y écrire *Un avant-poste du progrès* puis *Au cœur des ténèbres*, avait décrit l'horreur du chantier du train des Belges, du Stanley Pool à l'Atlantique. Daguerches avait décrit dans son roman *Le Kilomètre 83* l'hécatombe sur le chantier français du railway Siam-Cambodge. Yersin rencontre le médecin en charge du service sanitaire, Noël Bernard, qui plus tard dirigera l'Institut Pasteur de Saigon, et plus tard encore sera son premier biographe, et aussi celui de Calmette. Yersin sait concilier son agoraphobie et la fraternité. Avec son nouvel assistant et disciple, le docteur Vassal, qui vient de vacciner des pestiférés à La Réunion, il accueille les malades du chantier à Nha Trang. Les deux hommes effectuent des prélèvements, étudient le typhus et le paludisme. « Nous sommes de nouveau en pleine épidémie de choléra. Mon mécanicien est en train de mourir de cette sale maladie contre laquelle nous sommes bien mal armés. »

Et puis une fois l'an, pendant que les récoltes croissent, que les jeunes chercheurs de son équipe poursuivent leurs travaux, chimistes et zoologistes, bactériologistes et agronomes, Yersin emprunte l'échelle de coupée du *Paul-Lecat* qui est le nouveau fleuron des Messageries et atteint au confort du Lutetia. Il s'en va séjourner un peu à Paris.

Le savant mystérieux, l'explorateur retiré dans ses jungles marche anonyme dans les rues. Seuls ses amis pasteuriens le savent, ainsi que son ami Serpollet. Le bricoleur de génie, le détenteur du premier permis de conduire français et sans doute mondial, le premier producteur industriel d'automobiles, même si celles-ci sont assemblées à la commande, sort une Serpollet 11-CV qui constituera l'apogée de sa carrière. Armand Peugeot achète des moteurs Serpollet et lance sa fabrique, puis le jeune Louis Renault, et la marque Serpollet disparaît avec Léon Serpollet. Une incroyable statue par Jean Boucher est érigée place Saint-Ferdinand dans le dix-septième arrondissement. Ils faisaient la paire, Yersin et Serpollet, à cent à l'heure sur la route de Beauvais. Après la mort de son ami, Yersin achète une Clément-Bayard 15-CV, passe de la voiture à vapeur à la voiture à essence, puis une Torpédo Zèbre, et puis un jour plus rien, il a fait le tour, il a une autre idée, il voudrait un avion.

Bien qu'on l'ignore encore, on pourrait déjà numéroter ces années-là en négatif, en mesurant le temps qui les rapproche de la catastrophe de quatorze. En dix – ou en moins quatre – le Lutetia est enfin inauguré. Yersin choisit le sixième étage et la chambre d'angle, la vue dégagée sur la tour Eiffel à l'horizon. Il a rendez-vous cet été-là sur l'aérodrome de Chartres pour y essayer un aéroplane, enfile la combinaison de vol, les moufles et les grosses lunettes. À son premier essai, il n'est quand même pas trop rassuré, redescend les jambes flageolantes et l'écrit à Émilie : « Ces instruments ne sont encore que des jouets dangereux. » Il admire le courage de Louis Blériot, qui l'année précédente a traversé seul la Manche à bord d'un cerf-volant de cette espèce. Il discute les prix, remet à plus tard le projet par manque de pistes en Indochine. Il pourrait bien construire la sienne à Nha Trang, mais une seule piste c'est se condamner au survol, et c'est lassant.

Deux ans plus tard, c'est moins deux, et en Chine la peste réapparaît. Yersin craint qu'on ne lui refasse le coup de Bombay. « Il y a déjà trop de médecins sur les lieux. J'ai toutefois écrit à M. Roux pour lui dire que s'il voyait le moindre intérêt pour l'Institut Pasteur à ce que je me rende en Mandchourie, il n'avait qu'à me télégraphier et que je partirais aussitôt. » L'année suivante, c'est moins une, Albert Schweitzer s'en va ouvrir son hôpital africain à Lambaréné et ça lui vaudra le Nobel. Il finance les travaux grâce aux revenus de ses concerts à l'orgue, et plus tard l'enregistrement de disques de Bach. À ce moment-là, Yersin, lui, c'est le caoutchouc.

Il s'est fait planteur. Ça commence à donner pas mal. À faire vivre son Institut. Puis à rapporter gros. Un pactole. Il a su anticiper l'essor de l'auto et du vélo. Il dépose les bénéfices dans un coffre de la Hong Kong Shangai Bank, achète des actions. Puis c'est quatorze. Gaston Calmette est assassiné au pistolet dans son bureau du *Figaro*. Jean Jaurès est assassiné dans son bistrot. C'est juillet à Sarajevo. Pendant quatre ans la boucherie aux Poilus et les gaz de combat. Yersin envoie de temps à autre du caoutchouc jusqu'à Clermont-Ferrand. Mais lui ne quittera plus son paradis, l'agrandira encore, l'embellira encore.

le roi du caoutchouc

Lui qui fut en Annam le premier cycliste, le premier motocycliste, le premier automobiliste, il est assez logique qu'il fût aussi le premier producteur de caoutchouc. Depuis son séjour à Madagascar, il a lu les revues scientifiques, épié les progrès de l'industrie et de la mécanique, fasciné par tout ce qui est moderne, absolument, et c'est le cas du pneu.

Depuis La Condamine, et sa petite troupe de scientifiques des Lumières envoyée en Équateur au dix-huitième siècle, on connaît le latex récolté par les Indiens. Ceux-là utilisaient la gomme pour étanchéifier et calfater. Ils cherchaient les hévéas sauvages au hasard de l'enfer vert de l'Amazonie. Des Anglais dérobent des graines au Brésil et vont les semer en rangs d'oignons à Ceylan. Des Hollandais font de même à Java. Là encore le conflit devient vite politique et géostratégique. Yersin se rend à Java.

De Batavia il gagne Buitenzorg. « Les cultures sont admirablement faites. La population est douce. Il y a de plus dans les nombreux volcans des curiosités naturelles qui à elles seules rendraient l'île intéressante. » Il visite des plantations en Malaisie, à Malacca, choisit ses graines d'*Hevea brasiliensis*. Lorsqu'il plante ses premiers arbres à caoutchouc, la vulcanisation a été inventée par Goodyear cinquante ans plus tôt et le pneu par Dunlop dix ans plus tôt. On commence sur une centaine d'hectares. Ça donne au début de la guerre jusqu'à deux tonnes de latex par mois. On entre en contact avec l'ingénieux Michelin. On passe à trois cents hectares. Une affaire en or. Yersin est efficace et pense carrément.

Le succès doit aussi à sa rencontre avec Vernet, un agronome envoyé en Asie par Vilmorin pour y collecter des plantes. Yersin l'engage. Il a ce talent de savoir s'entourer des meilleurs et de les écouter. Yersin ne se contente pas d'être le premier planteur de l'hévéa en Annam, il veut mener une étude d'agronomie. Les deux hommes conçoivent les protocoles, rédigent des publications sur la nature chimique des sols, les essais d'engrais, la collecte des graines et les techniques de coagulation du latex, la réalisation des saignées dans les canaux laticifères. Des expériences sont menées sur des arbres sacrifiés dont on arrache tout ou partie du feuillage. On en conclut que « la proportion de gomme contenue dans le latex est en grande partie sous la dépendance de la fonction chlorophyllienne : on peut donc attribuer aux feuilles le rôle principal dans l'élaboration du caoutchouc ».

Les deux hommes inventent un appareil, le picnodilamomètre, plus efficace que le xographe, destiné à mesurer la densité du latex et sa teneur en gomme. Ils éditent des tables de calcul. Puis ils se brouillent. Yersin s'en plaint à Calmette. « Vernet a un sale caractère, une vanité immense, un entêtement de mule du pape, un esprit ultra-paradoxal. » Yersin entend travailler directement avec le spécialiste de Clermont-Ferrand, et lui demande de détacher auprès de lui à Nha Trang l'un de ses ingénieurs. « Michelin est certainement l'homme le plus compétent pour les questions du caoutchouc. » Il demande le soutien des pasteuriens. « J'ai donc écrit une lettre à Michelin que je lui ai fait tenir par l'intermédiaire de M. Roux. »

Mais c'est la guerre en Europe et Roux a d'autres soucis. On l'envoie en mission sanitaire sur le front. L'Institut Pasteur et l'Institut Koch de l'autre côté des tranchées sont requis par le conflit et se mettent au service de leur état-major respectif. Yersin est isolé. La France ne répond plus. Il reprend son bâton de pèlerin, ses courses dans les montagnes en compagnie d'Armand Krempf. À partir de Suôi Giao, après deux journées de navigation et deux journées d'escalade, ils plantent leur tente en altitude, et découvrent la colline du Hon Ba, dans la fraîcheur et sous les pluies.

En quelques mois on y installe un observatoire météorologique, mène des essais d'acclimatation d'espèces végétales et animales, entreprend des semis. La température y descend jusqu'à six degrés et la colline est couverte d'un épais brouillard en hiver. Plus de moustiques. Une rivière bouillon-nante. Yersin se fait bâtir un chalet suisse dans la jungle froide. « J'ai télégraphié à M. Roux pour lui demander si je pourrais servir utilement en France pendant la guerre. J'attends sa réponse. » On lui intime de demeurer en Asie.

Il sait ne plus pouvoir voyager, devoir renoncer au Lutetia comme au *Paul-Lecat*. La guerre ou sa querelle avec Vernet ont accru sa misanthropie. Il prend l'habitude de passer là plusieurs semaines d'affilée, en ermitage dans son chalet au sommet de la colline, au bord de la rivière où il va puiser l'eau, de réfléchir, de ne voir personne, de ne pas prononcer une parole, de fendre ses bûches. Comme le cadet Rousselle, maintenant Yersin a trois mai-sons, dans trois climats différents, sans sortir de chez lui, du domaine qui atteint cinq mille hectares et triplera encore. Depuis bientôt deux ans la guerre est enlisée. C'est Verdun. Yersin est assis dans son chalet. Il étudie l'ornithologie et l'horticulture, emplit ses carnets. « J'ai en ce moment quelques chrysanthèmes du Japon en fleurs. Ce sont des fleurs énormes, échevelées, superbes. C'est un vrai plaisir pour moi que de les admirer. »

Par désœuvrement peut-être, il nourrit une fasci-nation nouvelle pour les orchidées, les collectionne, et parvient à en faire prélever dans les pays que la guerre épargne, et dont les pavillons sont respectés des flottes belligérantes. Depuis l'Amérique centrale, à travers le Pacifique, il fait venir à Nha Trang des variétés rares du Costa Rica, construit une vaste serre, pose au milieu son matériel photographique. Un Vérascope Richard. Il réalise dans son laboratoire ses premières images en couleurs. De ces dizaines d'années de prises de vue, demeurent des centaines de tirages que quasiment personne n'a jamais vus, qui patientent dans la pénombre des archives de l'Institut Pasteur à Paris.

Il a planté devant chez lui le figuier qui est une bouture envoyée par Émilie depuis la Maison des Figuiers à Morges. Il étudie l'arboriculture, apprend la taille et le marcottage, prépare des greffons pour les fruitiers, acclimate pommiers et pruniers. « L'abricotier souffre plus encore que le pêcher de la saison humide. » Il essaie de détourner les villageois de l'abattis-brûlis, catastrophe écologique qui pourtant donne au riz de forêt, poussé dans la cendre, ce bon goût de fumée, entreprend une campagne de reforestation. Avec l'aide de sa petite bande de Nha Trang, il répertorie les espèces endémiques et les décrit, le lims, le cam xé, le giong huong. Ici le teck est tout juste bon à tailler des piquets de clôture pour les corrals. On creuse des pépinières, de longues tranchées d'un kilomètre emplies de feuilles en décomposition et de terreau.

Il continue d'écrire tout cela dans des courriers qu'il envoie à l'Institut de Paris, comme s'il poursuivait avec les pasteuriens l'espèce de journal qu'il tenait pour Fanny. Il écrit à Roux : « La culture des fleurs me passionne de plus en plus. Je voudrais en couvrir le sommet de la montagne, et j'espère y arriver avec le temps. J'essaie les plantes alpines, j'ai déjà des semis de myrtilles et de petites gentianes bleues que je surveille avec anxiété. » Et l'on imagine le haussement d'épaules de Roux devant l'anxiété de Yersin. Ou le rire nerveux qui le secoue au souvenir de l'apocalypse des obus et des corps disloqués pourrissant sur les barbelés. Roux de retour du front pour quelques jours dans son uniforme taché de boue et de sang, le brassard à la croix rouge, et décachetant les lettres empilées de Yersin, son anxiété pour les petites gentianes bleues.

Après la mer et la montagne maintenant les fleurs.

Pourquoi pas les petits oiseaux.

Yersin bâtit des volières, s'entoure de perruches et de perroquets. Il fait venir d'un peu partout des oiseaux exotiques qu'il lâche dans les serres aux orchidées.

Les pasteuriens ne l'écoutent plus et il inaugure une correspondance avec Henry Correvon, du jardin d'acclimatation d'Yverdon, en Suisse. Il lui commande des graines et lui demande des conseils. Ses premiers biographes mentionneront à Nha Trang cattleyas et hibiscus, amaryllis et becs-de-perroquet. Plus haut, à Suôi Giao, l'amarante et l'œillet, la verveine et l'arum, le cyclamen et le fuchsia. Au Hon Ba, les roses et les orchidées. Dans ces lettres, Yersin dresse la liste des plantes qui font ici des feuilles et jamais ne fleurissent : giroflées et jacinthes, narcisses et tulipes. Il étudie la botanique. Les fleurs sont les organes sexuels des plantes.

Peut-être que celles-là, comme lui-même, ont décidé de ne jamais se reproduire.

Il connaît les sornettes que les journaux inventent. Il a lu les idioties de sa légende noire, et qu'on lui prête une descendance, et qu'une indigène des montagnes serait la mère d'un fils du docteur Nam. Une femme de ces tribus que ni la République ni l'empereur d'Annam ne s'occupent de recenser. Il y en aura d'autres. On ne prête qu'aux riches. Il est plus probable que Yersin déjà est au-delà des gestes pathétiques de la reproduction. Il a passé assez de temps au laboratoire à accoupler des mâles en rut et des femelles en chaleur, à frotter des museaux de rats sur des vulves de rates pour accélérer l'expérience, et jamais n'a repéré dans ses tambouilles un bacille de l'amour. Sans doute conçoit-il un mépris portègne pour les miroirs et les fornications qui multiplient sans raison les existences.

Yersin ne voyagera plus. Il a fait le tour du monde et de la question. Il sait que la planète rétrécit, et devient en tout lieu la même, et qu'il faut redouter bientôt « la même magie bourgeoise à tous les points où la malle nous déposera ». Maintenant il est un arbre. Être arbre c'est une vie, et c'est ne pas bouger. Il atteint à la belle et grande solitude. À l'admirable ennui. Et le soir, lorsque la fatigue finit par éloigner les lubies, qu'on tourne en rond sans même le secours de l'alcool, on parlerait bien de tout ça avec son père pour lui demander son avis. On se souvient qu'on est aujourd'hui bien plus vieux qu'il le fut jamais. On commence à attendre la mort. On en connaît un rayon sur la décomposition. C'est dans cette terre-là qu'il souhaite se décomposer.

Souvent le soir au chalet, seul avec ses chats siamois, il relit Pasteur. « Si les êtres microscopiques disparaissaient de notre globe, la surface de la terre serait encombrée de matière organique morte et de cadavres de tout genre, animaux et végétaux. Ce sont eux principalement qui donnent à l'oxygène ses propriétés comburantes. Sans eux, la vie deviendrait impossible, parce que l'œuvre de la mort serait incomplète. » C'est la vie qui veut vivre, abandonner au plus vite ce corps qui vieillit pour bondir dans un corps nouveau, et, ces corps, la vie au passage les rétribue de leur involontaire contribution à sa perpétuation par la menue monnaie de l'orgasme. Rien ne naît de rien. Tout ce qui naît doit mourir. Entre les deux, libre à chacun de mener la vie calme et droite d'un cavalier en selle. Ce vieux stoïcisme que retrouve Spinoza et la force immanente de la vie qui seule demeure. Ce pur principe, cette nature naturante à quoi tout retourne. La vie est la farce à mener par tous.

Il broie un peu du noir et la guerre n'en finit pas. Depuis bientôt quatre ans les deux peuples frères s'autodétruisent, jettent leurs enfants par milliers dans la poubelle des tranchées. Sans doute ne reverra-t-il jamais la paix, jamais Paris ni Berlin. La victoire est indécise. Clemenceau et Roux, tous deux médecins, arpentent le front.

à la postérité

Après qu'il a reposé son livre de chevet, la grande statue du Commandeur se dresse au milieu de la nuit. En redingote noire et nœud papillon, l'œil bleu, le sourcil froncé. La bouche d'ombre récite les phrases que Yersin sait par cœur. « Puisque la peste est une maladie dont on ignore absolument la cause, il n'est pas illogique de supposer qu'elle est peut-être produite, elle aussi, par un microbe spécial. Toute recherche expérimentale devant avoir pour guide certaines idées préconçues, on pourrait sans inconvénient, et très utilement peut-être, aborder l'étude de ce mal avec la croyance qu'il est parasitaire. » Lorsque ces phrases de Pasteur ont été écrites, exposant la théorie microbienne comme une hypothèse de travail, Yersin avait dix-sept ans. Il était encore un élève trop sérieux sous les tilleuls du lycée de Morges. C'est cinq ans avant la première vaccination antirabique. Quatorze avant la découverte du bacille à Hong Kong.

Comme si Pasteur l'avait inventé de toutes pièces, lui, Yersin, et avait manipulé sa vie, celle d'un animal de laboratoire, comme si le vieil hémiplégique incapable de voyager l'avait envoyé à Hong Kong à sa place, avait envoyé là-bas les jeunes jambes, les jeunes bras et les jeunes yeux bleus de Yersin, et surtout le jeune esprit de Yersin qu'il avait préparé à l'observation. Comme si sa vie répondait à une prophétie pasteurienne, jusqu'au hasard qui, le privant à Hong Kong d'une étuve, lui avait fait découvrir à la température ambiante le bacille avant Kitasato, égaré par son étude à la température du corps humain. Comme si sa découverte elle-même n'était que l'illustration d'une phrase de Pasteur écrite longtemps avant : « Dans les champs de l'observation, le hasard ne favorise que les esprits préparés. »

Yersin est un double, un clone du jeune cristallographe qui parcourt l'Europe sous le Second Empire et écrit avec flamme : « J'irai jusqu'à Trieste, j'irai jusqu'au bout du monde. Il faut que je découvre la source de l'acide racémique. » Et le jeune Pasteur bondit dans les fiacres et dans les trains, de Vienne à Leipzig, à Dresde, à Munich, à Prague, mène ses recherches dans des greniers et des soupentes, trimballe dans sa valise ses tubes à essais, ses pipettes, ses seringues et le microscope qui est l'œil de notre œil, escalade la mer de Glace depuis Chamonix pour y effectuer ses prélèvements d'air pur.

Et Yersin s'aperçoit que celui-là, qui jamais ne fut médecin et bouleversa l'histoire de la médecine, aurait fait un bon explorateur, qu'il en avait le goût, et que ce goût perce dans les images qu'il utilise pour décrire ses recherches. « En avançant dans la découverte de l'inconnu, le savant ressemble au voyageur qui atteint des sommets de plus en plus élevés, d'où sa vue aperçoit sans cesse des étendues nouvelles à explorer. » Une dizaine d'années avant sa mort, Pasteur s'est rendu à Édimbourg en compagnie de Ferdinand de Lesseps, et les deux hommes à l'apogée de leur célébrité sont allés rencontrer la fille de Livingstone, le médecin, explorateur et pasteur. Des années plus tard, Pasteur avait invité Yersin à dîner après sa conférence à la Société de Géographie et l'avait interrogé sur ses expéditions, avait lu le rapport de son voyage chez les Moïs, et aussitôt rédigé avec enthousiasme des lettres de recommandation, avait mis son immense notoriété au service de celui qui, pourtant, ne voulait plus entendre parler de la recherche scientifique et quittait la petite bande. Yersin lui avait envoyé en remerciement une belle dent d'éléphant sculptée, aujourd'hui encore accrochée au mur de l'appartement de Pasteur devenu musée.

Allongé seul la nuit dans son chalet du Hon Ba, loin des bombes, à plus de cinquante ans, Yersin ne se fait pas d'illusions quant à la sienne, de notoriété. Il sait bien qu'il ne laissera derrière lui que ces deux mots latins, *Yersinia pestis*, que ne sauront que les médecins.

Les deux thèses du jeune Pasteur, l'une en chimie, des *Recherches sur la capacité de saturation de l'acide arsénieux*, l'autre en physique, qui est une *Étude des phénomènes relatifs à la polarisation rotatoire des liquides*, ne dénotaient pas non plus une volonté de succès populaire immédiat.

Le maître de Pasteur était Biot. Étudiant, il avait assisté à sa cérémonie de réception à l'Académie française et entendu son discours, ses conseils de vieux savant aux jeunes scientifiques, les exhortant à se mettre au service de la recherche pure : « Peut-être la foule ignorera votre nom et ne saura pas que vous existez. Mais vous serez connus, estimés, recherchés d'un petit nombre d'hommes éminents, répartis sur toute la surface du globe, vos émules, vos pairs dans le sénat universel des intelligences, eux seuls ayant le droit de vous apprécier et de vous assigner un rang, un rang mérité, dont ni l'influence d'un ministre, ni la volonté d'un prince, ni le caprice populaire ne pourront vous faire descendre, comme ils ne pourraient vous y élever, et qui demeurera, tant que vous serez fidèles à la science qui vous le donne. »

Et des années plus tard, c'est au tour du vieux Pasteur de rédiger son discours de réception, d'enfiler l'habit vert et de glisser l'épée dans son fourreau, de rendre hommage au grand Littré, le positiviste, le biographe d'Auguste Comte, le lexicologue qui avait choisi les mots nouveaux de microbe et de microbie. Le début du texte se veut un exercice de modestie. « Le sentiment de mon insuffisance me saisit de nouveau, et je serais confus de me trouver à cette place si je n'avais le devoir de reporter à la science elle-même l'honneur, pour ainsi dire impersonnel, dont vous m'avez comblé. » Comme toujours c'est plus complexe, et cette modestie est toute rhétorique.

Elle dissimule un orgueil immense. Pasteur a consacré des années à ériger sa propre statue. Avec ce goût immodéré des Français pour la pompe et les monuments, la gloire et les querelles politiques. Cet indémerdable mélange d'universalisme et d'amour sacré de la patrie qui faisait écrire au jeune étudiant Louis Pasteur, le fils d'un grognard de Bonaparte, devenu ardent républicain : « Comme ces mots magiques de liberté et de fraternité, comme ce renouveau de la République, éclos au soleil de notre vingtième année, nous remplit le cœur de sensations inconnues, et qui furent vraiment délicieuses ! »

Toutes ces curiosités de la politique, absolument étrangères à Yersin, amenèrent Pasteur, au faîte de sa célébrité, à briguer le suffrage populaire pour se faire élire au Sénat, et à échouer d'ailleurs. Yersin connaît les infinies pertes de temps de Pasteur en querelles contre les médecins, contre la génération spontanée, contre Pouchet, contre Liebig, contre Koch. La statue sculptée de son vivant à grands coups de diatribes et d'articles comme de burin et de marteau. Les interminables disputes à l'Académie des sciences et à l'Académie de médecine. Le système des plis scellés pour assurer l'antériorité de ses découvertes, et dont les derniers ne seront ouverts qu'à la fin du vingtième siècle. Son diplôme honoris causa déchiré et renvoyé à Bonn après Sedan et les bombardements de Paris, le traité de Francfort aussi monstrueux que plus tard celui de Versailles. Le soutien politique des Anglais, du chirurgien Lister et la phrase du physiologiste Huxley à la Société royale de Londres : « Les découvertes de Pasteur suffiraient à elles seules pour couvrir la rançon de guerre de cinq milliards payés par la France à l'Allemagne. » Au lieu de quoi la République devra verser une pension au bienfaiteur ruiné de l'humanité. Mais Pasteur laissera dans l'Histoire un nom que Yersin ne laissera pas.

Yersin sait bien qu'il est un nain.

Il est cependant un assez grand nain.

Pour gagner la postérité, il lui faudrait inventer un produit de consommation courante. Parce que le vingtième siècle sera celui des barbaries et des marques déposées. Justus von Liebig et Charles Goodyear, John Boyd Dunlop, André et Édouard Michelin, Armand Peugeot et Louis Renault. Ceux-là, la foule n'oubliera que leur prénom.

S'il avait appelé Yersinia son Ko-Ca, et l'avait commercialisé, son nom scintillerait encore.

Il est allongé la nuit dans son chalet du Hon Ba. À son âge, Pasteur et son père avaient depuis longtemps subi leur hémorragie cérébrale. Le vieux Pasteur attend la mort dans une chaise longue, retiré à Villeneuve-l'Étang dans la propriété de l'Institut, que les pasteuriens continuent d'appeler l'annexe de Garches, à Marnes-la-Coquette qui l'est toujours, au milieu de la nature et des grands arbres du parc. C'est l'été donc. Le soleil joue dans les feuillages. Des ocelles de lumière papillonnent au sol. Il est serein, il attend ses funérailles nationales et la cérémonie à Notre-Dame. Il a tout réglé avec Roux. On refusera même pour lui la promiscuité du Panthéon. Une crypte pharaonique accueillera sa dépouille au sous-sol de l'Institut. Colonnes de marbre et dorures et mosaïques byzantines. Il remue en son esprit les vieux mots qui ponctueront son oraison. La joie, la vaillance, la droiture.

Ils souscrivent ensemble à la morale d'un vieux philosophe, c'est simple et ça n'est pas si mal : Agis de telle manière que la règle de ton action puisse être considérée comme une règle universelle d'action.

fruits & légumes

Le lendemain matin, Yersin s'éveille dans le silence et la paix. Il se réjouit d'être parvenu autour du chalet à acclimater la pomme de terre, la fraise et la framboise. Haricots verts et laitue. Betteraves et carottes. « J'ai mangé, il y a quelques jours, la première pêche qui a mûri au Hon Ba. » La terre est riche et rouge sous l'herbe verte. Un siècle plus tard, la région de Dalat vit toujours de l'horticulture et des végétaux importés par Yersin. Elle expédie dans tout le Vietnam artichauts et glaïeuls. Il n'est pas étonnant que son portrait surplombe le Lac. Et que son nom soit su, ici, mille fois plus qu'à Paris.

Lorsqu'il redescend à Nha Trang, il s'assoit devant son poste de radio à ondes courtes, entend les chiffres de l'effroyable hécatombe au Chemin-des-Dames, les armes chimiques. Comme si la vie, là-bas, était en noir et blanc et explosait ici de mille couleurs. Il s'est abonné aux télégrammes de Havas et de Reuter. Les Russes et les Américains pourraient bien après la guerre se partager l'Europe détruite, régner sur les champs de ruines, sur le sol remué de toute l'Europe comme celui de Verdun, sur la boue, les gaz et les arbres morts. Comme si c'était là-bas l'Apocalypse et que sa mission était de sauver la beauté de l'Europe à bord de son arche asiatique. L'envoi des lettres devient aléatoire. Il est de plus en plus isolé. « Chère sœur, il y a longtemps déjà que je n'ai pas reçu de nouvelles de toi. Il doit nous manquer un ou deux courriers, qui auront probablement été coulés en Méditerranée. » Yersin consigne le nom des navires de la ligne Marseille-Saigon torpillés par les Allemands, les dates de leur disparition. Le *Ville-de-la-Ciotat*, le *Magellan*, puis l'*Athos* envoyé par le fond avec le chargement du latex de Suôi Giao, l'*Australien*…

Tous les hommes jeunes sont partis pour le front. Ils sont en Indochine une poignée de vieux pasteuriens naufragés. Simond, l'homme à la puce, a quitté le Brésil pour l'Institut Pasteur de Saigon. Yersin lui fait partager son goût pour les orchidées, pour la photographie, et les deux hommes reprennent leur correspondance. « J'ai écrit à Lumière pour lui faire une commande de plaques fraîches. Je pense recevoir sa réponse avant un mois et je pourrai vous renseigner sur la continuation ou la cessation de sa fabrication de plaques autochromes par suite de la guerre. »

Il lui annonce qu'il part en randonnée avec Krempf, « afin de photographier sur place quelques orchidées intéressantes du Nui Chua Chuan ». Dans cette même lettre, il se plaint à nouveau de sa légende noire, des ragots colportés par les journalistes sur sa vie amoureuse ou sexuelle, laquelle semble être pourtant, comme celle de Krempf, purement hygiéniste. « Puis nous nous rendrons au Celibatorium dont je suis toujours digne, car l'histoire de mon mariage avec une Anglaise est un affreux canard !

Je voudrais bien savoir ce que devient Calmette. Je suis sans nouvelles de lui depuis la déclaration de guerre et je ne sais où lui écrire, puisque Lille est encore occupé par les Allemands.

Bien affectueusement à vous. »

Yersin consigne dans un carnet la liste des plants qui résistent encore à son ingéniosité, refusent de quitter l'Europe pour prendre racine dans son bout d'Asie : groseilliers, noyers, amandiers. Et puis surtout la vigne. Il recopie la liste dans une lettre pour Correvon qui peut-être n'arrivera jamais en Suisse. Il referme le carnet *Agriculture*, ouvre le carnet *Épizootie*, puis le carnet *Aviculture*, les referme, fronce les sourcils, lui vient une nouvelle idée. C'est comme ça toutes les cinq minutes. Il commence un courrier pour le gouverneur général : « Je pense que nous pourrions organiser ici une collection des principales fougères exotiques ornementales qui contribuerait à faire de notre belle station de montagne un véritable parc national. »

L'enveloppe est cachetée, posée sur la pile du courrier qui attend l'escale du prochain navire.

Mais voilà, il a encore une meilleure idée. Parmi tout ce que la métropole envoyait avant-guerre vers la colonie, à mesure que les combats en Europe s'éternisent et se répandent, on mesure mieux les pénuries. C'est bien beau d'avoir des fraises et des framboises. Un homme sur deux souffre ici de paludisme. Yersin depuis trente ans avale de la quinine. À chaque torpillage d'un navire, des cargaisons descendent au fond de la mer. Le visage de l'Indochine est déjà couvert de sueur froide et ses mains tremblent. Puis c'est l'offensive des Dardanelles, l'épidémie de malaria dans les troupes qui vomissent leurs tripes sur les eaux bleues de la Marmara. La France réserve la production des laboratoires au corps expéditionnaire de l'armée d'Orient.

Yersin reprend dans sa bibliothèque les ouvrages de La Condamine, dont il sait bien qu'il est le surprenant héritier. Ce Charles Marie de La Condamine, comme lui scientifique et explorateur, est le premier à avoir décrit, au retour de son voyage sur l'Amazone, l'arbre à caoutchouc et l'arbre à quinquina. L'Académie des sciences imprime le texte de ses communications, *Sur l'arbre du quinquina* et son *Mémoire sur une résine élastique récemment découverte*. Yersin écrit à ses amis de Java, se fait envoyer quelques plants de cinchonas. Il mène ses premières tentatives d'acclimatation.

Les arbres ne poussent pas en tirant dessus. Il faut des mois pour s'apercevoir que les terres du

Hon Ba ne lui conviennent pas. Yersin obtient une analyse chimique des terres de Java où la production est florissante, les courbes annuelles de chaleur et de pluviométrie, cherche une région de l'Annam aux statistiques comparables. En Russie, c'est la révolution d'Octobre.

On n'avait encore rien vu. Le siècle prenait ses marques. Il a dix-sept ans et c'est déjà un sérieux voyou. La casquette relevée sur le front et le mégot au coin des lèvres, le pistolet glissé dans la ceinture. Après les millions de morts de la guerre mondiale c'est la guerre civile de Moscou à Vladivostok, la famine et l'épidémie de typhus. Yersin et sa petite bande de Nha Trang continuent de faire germer leurs graines dans des bacs, varient la composition du terreau et l'ajout d'engrais. On arpente le pays en effectuant des carottages qu'on rapporte au laboratoire. Ce sera la colline de Dran, à mille mètres d'altitude, en direction de Dalat. On sait bien que tout cela prendra des années, sera aussi long que de parvenir au paradis prolétarien. On trouve un site davantage propice encore à Djiring, à quatre-vingts kilomètres de Nha Trang. Un soir, on apprend à la radio que c'est le onze novembre et l'Armistice. C'est aussi ce jour-là l'enterrement d'Apollinaire avec son trou d'obus dans la tête. Quatre jours plus tard, dans son chalet du Hon Ba, Yersin reprend la plume et le papier à en-tête de l'Institut. « Mon cher Calmette, je suis heureux et ému de pouvoir, après plus de quatre années de séparation, renouer le lien entre nous. »

Les communications sont rétablies et les rescapés rendus à la vie civile. Yersin recrute un chercheur en biologie végétale, André Lambert, lequel avait commencé sa carrière à la Société des Quinquinas. C'est le début d'une amitié de quinze ans. Les deux hommes ont en commun le goût du travail bien fait et des randonnées dans la montagne. Ils reprennent les recherches, commencent à cosigner leurs publications dans la *Revue de botanique appliquée*.

Yersin confie la direction des Instituts Pasteur d'Indochine à son futur biographe Noël Bernard de retour du front, qui lui rendra ainsi hommage : « Il n'existe certainement pas beaucoup d'exemples d'un tel désintéressement. Il s'efface pour laisser à d'autres cette liberté d'initiative à laquelle il est si fortement attaché pour lui-même. » Yersin entend se consacrer aux études sur la quinine. Il est de plus en plus souvent seul dans sa retraite en altitude, de plus en plus longtemps. Au milieu de ses cages à oiseaux et de ses chats siamois. Depuis la fin de la guerre, il correspond à nouveau avec Roux et Calmette. Ces lettres sont à la fois amicales et scientifiques et constituent son journal. « Le préparateur qui est mort n'est pas le premier venu : c'est un des fils de l'ex-roi d'Annam. » Celui-là s'est inoculé la peste par accident. Yersin demande que tout soit consigné dans les archives, qu'on n'oublie pas les combattants tombés au front scientifique. « Il s'appelait Vinh Tham, c'était un garçon à l'esprit très ouvert, intelligent. »

En France, derrière les vieux Roux et Calmette, apparaît une nouvelle génération de pasteuriens que Yersin ne connaît pas. Bordet reçoit le Nobel pour son travail sur les anticorps. Louis-Ferdinand Destouches, le futur Céline, et André Lwoff, le futur prix Nobel, sont envoyés à Roscoff étudier les algues. Yersin n'a plus le courage de voyager. Les paquebots sont toujours aussi lents et le Transsibérien est aux mains de l'Armée rouge. Plus de trente ans après son premier embarquement à bord de l'*Oxus*, son enthousiasme est évaporé. « Ces longues traversées en mer sont terriblement monotones. Si seulement il y avait un service d'aéroplanes organisé ! » Il aurait aimé fonder Air France avec dix ans d'avance, Yersin.

C'est finalement à la demande de l'Institut qu'il se résout à retenir un passage. « Le bateau qui me conviendrait le mieux, le *Porthos*, partira de Saigon le 30 novembre. Cela me fera arriver à Paris juste pour les fêtes du jour de l'an, ce qui sera bien rasoir, car tout sera fermé et je perdrai du temps ! Je logerai à Lutetia, comme les dernières fois, et si M. Roux le veut bien, je popoterai avec lui. »

Avant son départ, il accueille à Nha Trang un vétérinaire, Henri Jacotot, un ancien du cours de Roux lui aussi, qui vient se charger de la formation des préparateurs et des inspecteurs sanitaires. Les plantations et les élevages continuent de s'étendre. Depuis qu'on ne torpille plus les navires, on importe des moutons de variétés kelantan ou bizet, des vaches bretonnes et un taureau savoyard afin d'augmenter la production de lait pasteurisé. Yersin est un vieux berger à barbe blanche et long bâton à la tête de plus de trois mille ovins. Depuis qu'elle est bénéficiaire, grâce au caoutchouc et bientôt à la quinine, la société dans laquelle ont investi « Messieurs Yersin, Roux & Calmette » a été cédée pour un franc symbolique à l'Institut Pasteur et finance les recherches. On continue de défricher parce qu'il faut bien nourrir tous ces bestiaux. On ensemence des prairies de ray-grass, de trèfle et de flouve.

Le voilà exposé à la remise de quelque médaille d'un comice agricole, Yersin, quand un autre pasteurien, Nicolle, reçoit le Nobel pour son travail sur la transmission du typhus.

à Vaugirard

C'est l'hiver véritable. Pas cet ersatz d'hiver qu'il s'est bricolé au Hon Ba et auquel il a fini par croire comme si c'était l'hiver à Lausanne. Ça pèle pour de bon. On jette du sel sur les trottoirs. Yersin est un homme de plus de soixante ans vêtu d'un pardessus noir, portant chapeau et cache-nez. Depuis sept ans qu'il n'est pas venu en Europe, il n'avait plus porté cet accoutrement ni enfilé des gants.

Il reprend ses marches lentes dans Paris, accompagné du petit nuage de vapeur de son haleine. Il avait oublié ça, qui lui rappelle son enfance au bord du Lac. Il sourit, hésite à traverser les boulevards devant la profusion et la vitesse des taxis automobiles, eux aussi suivis du panache blanc des gaz d'échappement dans l'air glacé. Il songe à tout l'argent qu'aurait pu rafler son ami Serpollet. Il regarde les pneus, dont certains sont faits du caoutchouc de Suôi Giao. Des décorations clignotent dans les arbres défeuillés. Yersin avait entendu à la radio cette modernité et cette frénésie qui succédaient, disait-on, à la boucherie de la der des ders. Ce milieu des années vingt qu'on appelle les Années folles. La grande tour en fer est illuminée dont il se souvient d'avoir suivi la construction, puis l'inauguration quatre ans après son arrivée à Paris, l'été qu'il avait obtempéré, remplacé Roux pour le cours de microbie. C'était l'été du Centenaire. Davantage ici qu'à Nha Trang, il sent le poids de l'Histoire ou seulement le poids de sa vie sur ses épaules. Il a l'âge qu'avaient Wigand et Pasteur quand il les a connus à Marburg et à Paris. Il longe la place de la Concorde qui fut la place de la Révolution et de la discorde, s'en va quai de la Mégisserie voir les animaux. Il fait trop froid. On a gardé les cages à l'intérieur.

Bien qu'il n'ait jamais bien fait la différence entre lui et l'Institut, depuis que s'additionnent les revenus des vaccins vétérinaires, du caoutchouc et de la quinine, Yersin est un homme riche. Il en abuse peu. Chez Vilmorin, il choisit graines et bulbes, arums et bégonias, amarantes crêtes-de-coq et pétunias, cyclamens, zinnias, dahlias, genêts d'Espagne et pavots rouges. Il fait adresser un lot à Marseille au quai des Messageries et l'autre en Suisse, un bouquet pour sa sœur. Il rentre à l'hôtel. Les nouveaux habitués du Lutetia lui sont inconnus. Parmi eux des écrivains à la mode. André Gide quand il n'est pas au Congo et Blaise Cendrars quand il n'est pas au Brésil. Les deux liftiers sont des Gueules cassées, des manchots, mutilés de guerre à la poitrine couverte de médailles. Pendant sept ans, Yersin n'a pas revu Paris. Pendant sept ans, il n'a pas revu les visages de ceux qui lui sont chers, Calmette et Roux en France, Émilie en Suisse. C'était trop long. Il est un peu perdu.

Le matin, il traverse la rue devant l'hôtel et descend les marches de la station Sèvres-Babylone, achète un ticket de première classe, emprunte la ligne Douze qu'on appelle encore la Nord-Sud. C'est direct pour l'Institut. « Dans le métro, que je prends souvent, la cohue est indescriptible. Sur les boulevards la foule est dense et forme un courant ininterrompu. Dans le quartier de l'Institut Pasteur, l'animation est moindre, et on se croirait presque à la campagne. » C'est dans ces rues-là, au calme, qu'il préfère reprendre ses promenades. Rue Dutot, rue des Volontaires, et dans les transversales et les parallèles, rue Mathurin-Régnier, rue Plumet ou rue Blomet. La commune de Vaugirard avait été rattachée à Paris sous le Second Empire, en l'an soixante de l'autre siècle, l'année où Mouhot découvrait les temples d'Angkor, l'année où Pasteur escaladait la mer de Glace. Vingt-cinq ans plus tard, la souscription internationale avait permis d'acheter là quelques hectares de parcelles horticoles pour y bâtir l'Institut parmi les champs de choux.

Au milieu de ces années vingt, à deux pas des paillasses blanches et aseptisées, des seringues désinfectées et des microscopes, de l'ordre et de la propreté des laboratoires, des ors et du marbre noir de la crypte byzantine, les masures et les fabriques sont devenues des ateliers d'artistes autour du cabaret du Bal nègre. Ceux qui s'installent dans les usines abandonnées pendant la guerre, reconstruites plus loin en banlieue, et dans lesquelles les industriels qui manquent de bras après la grande boucherie aux Poilus entassent les travailleurs nord-africains, sont des artistes qui n'ont pas encore accès au Lutetia et sans doute ne l'auront jamais. Des inconnus qui mangent de la vache enragée. Toutes ces foutaises de la peinture et de la littérature. La petite bande de la rue Blomet. Masson, Leiris, Desnos, Miró, et sans doute le vieil homme en pardessus noir les croise-t-il à la station Volontaires, ces jeunes gens en veston qui descendent des wagons de seconde. « La station Volontaires et les fameuses entrées du métro me rappelaient le grand Gaudí qui m'a tant influencé », écrira le peintre catalan, quand un jour il sera lui aussi devenu à la mode.

Le fantôme du futur, l'homme au carnet en peau de taupe qui suit Yersin comme son ombre, et débarque lui aussi de Nha Trang les pieds gelés, accompagne Yersin dans ses promenades. Rue Plumet, parce qu'il fait vraiment trop froid, les deux hommes poussent la porte du Sélect, un bistrot hors du temps où l'aménagement doit être le même depuis les années vingt. Ils commandent des cafés.

Le fantôme du futur a recopié dans son carnet quelques phrases de Robert Desnos qu'il montre à Yersin. « Le promeneur qui, un après-midi, muse rue Blomet peut voir, non loin du Bal nègre, une grande bâtisse effondrée. L'herbe y pousse. Les charmilles de la maison voisine débordent par-dessus les murs et derrière une porte cochère se dresse un arbre robuste. C'est le 45 de la rue Blomet où j'ai habité de longues années et où plus d'un de ceux qui furent mes amis, et de ceux qui le sont restés, se souviendra d'être venu. » Ceux-là, c'était une autre petite bande. Artaud, Bataille ou Breton, et comme s'en souvient le peintre catalan une fois qu'il est à la mode, parce qu'on aime, une fois qu'on est à la mode, se souvenir qu'on ne l'a pas toujours été : « On buvait beaucoup. C'était le temps des fines à l'eau et des mandarins curaçao. Ils arrivaient par le métro, par le fameux Nord-Sud qui servait de trait d'union entre le Montmartre des surréalistes et les attardés de Montparnasse. »

Yersin hausse les épaules, décroche son pardessus, coiffe son chapeau. Aujourd'hui un jardin d'enfants et l'Union bouliste du quinzième arrondissement occupent l'emplacement des ateliers. On a déposé là une sculpture du Catalan, *L'Oiseau lunaire*, en hommage à Desnos mort du typhus à Theresienstadt après sa déportation à Buchenwald. Le fantôme du futur regarde s'éloigner la silhouette emmitouflée dans son pardessus noir. Yersin remonte vers la rue Dutot, salue Joseph Meister à la conciergerie. Après les réunions de travail avec Roux, et avec Eugène Wollman, qui mène des études de bactériophagie sur le bacille de Yersin, parce que toutes ces petites saloperies ne cessent de se bouffer entre elles, il s'installe dans le bureau bien chauffé de Calmette,

« où j'ai trouvé un coin de table pour rédiger ma correspondance ».

Avant son départ, il déjeune avec son ami Doumer qui n'est toujours pas rassasié de la politique. Quatre de ses fils sont tombés aux champs d'honneur. Il vient d'intégrer le Cartel des gauches. Il est à nouveau ministre des Finances dans le gouvernement d'Aristide Briand. S'il savait ce qui l'attend, il choisirait peut-être lui aussi de cultiver son jardin, d'acheter des graines chez Vilmorin. Ou de se retirer à Dalat au Lang Bian Palace qu'il a fait bâtir.

Pour ses travaux d'acclimatation du quinquina, Yersin reçoit la médaille de la Société de Géographie commerciale, modeste hochet, quand Calmette est élu à l'Académie des sciences. On l'oublie, Yersin. C'est l'homme d'un autre siècle. Voilà trente ans qu'il a vaincu la peste.

Yersinia pestis.

machines & outils

Le temps de la science et de la pensée n'est pas celui des horloges ni des calendriers. Il s'est retranché de l'Histoire, Yersin. C'est un encyclopédiste des Lumières. Avant lui, La Condamine avait publié au gré de ses humeurs de la géographie et de la botanique, de la physique et de la mathématique, de la médecine et de la chimie. Comme Pasteur il avait été membre à la fois de l'Académie des sciences et de l'Académie française. Mais l'ami de Voltaire était un Encyclopédiste à majuscule et collaborait avec Diderot et d'Alembert. Yersin est un touche-à-tout, un spécialiste de l'agronomie tropicale et un bactériologiste, un ethnologue et un photographe. Il a publié au plus haut niveau en microbiologie et en botanique. Il a une autre idée. Libre de ses heures par le miracle de la paix, qui lui restitue ses collaborateurs, il s'assoit sur son toit, dans son fauteuil en rotin, derrière sa lunette astronomique.

Il a confié la recherche médicale à Noël Bernard, la recherche vétérinaire à Henri Jacotot, les quinquinas à André Lambert, la gestion de tout ça, la logistique et la comptabilité, à Anatole Gallois, un journaliste débauché au *Journal de Haiphong*. C'est sa nouvelle petite bande. Lui ne veut plus entendre parler des bestiaux et se consacre tout entier à la météorologie. Il a rapporté de Paris un électromètre bifilaire de Wulf. Il fait fabriquer de grands cerfs-volants, reliés par des câbles d'acier à des treuils et cabestans. Il les envoie au milieu des nuages à mille mètres d'altitude et les enfants du village applaudissent. Il veut mesurer l'électricité atmosphérique et prévoir les orages et les typhons. Calmette et Roux s'inquiètent de son silence. « Je fais monter des cerfs-volants pour pratiquer des sondages météorologiques. »

Tout autant que la peste au Moyen Âge, les météores sont des fléaux qui déciment. La sécheresse ou le gel, les averses de grêle et les tempêtes amènent la famine et la guerre. Ici les pêcheurs disparaissent dans les tornades soudaines. Parvenir à des prévisions fiables serait œuvrer pour la paix et la prospérité.

Yersin a convaincu Fichot, un ingénieur hydrographe de la marine féru d'astronomie, de venir s'installer auprès de lui à Nha Trang. Un escalier mène au toit-terrasse de la grande maison carrée. Une coupole abrite la lunette commandée à Iéna chez Carl Zeiss et un astrolabe à prisme. Chaque nuit ils observent. Yersin étudie les logarithmes, progresse en mathématique et commande les ouvrages de référence. Il voudrait que cette part de ciel au-dessus de son royaume soit annexée à son royaume, et les étoiles et les comètes. Il rêve de Kepler et de Tycho Brahé et voudrait être les deux à la fois. L'homme de l'observation et celui du calcul. Sur la terre comme au ciel. Il a vu quelquefois ce que l'homme a cru voir. Qu'on le confonde un jour avec l'astronome de Vermeer et qu'un musée mentionne son nom sur le cartel. Du microscope au télescope, il constate l'étonnante proximité géométrique de l'infiniment grand et de l'infiniment petit. Et nous humains flottant comme des méduses entre les deux. Il garde cependant les pieds sur terre, emplit ses carnets, progresse en théorie mathématique, publie ses relevés et ses considérations célestes dans le *Bulletin astronomique* fondé par Henri Poincaré, précurseur de la relativité. La lumière de Yersin n'est pas éteinte.

À défaut d'un Nobel de médecine, pourquoi pas un Nobel de physique.

Puis le toit se fendille. C'est trop lourd. C'est fini pour lui l'astronomie. Il a une autre idée. Il fait démonter tout le bastringue et on range ça dans la cour, pour les enfants qui se sont depuis longtemps lassés du xographe, très con comme jeu en vérité. Vieillissant, il adore les enfants. Il emmène ceux du village dans son canot à vapeur Serpollet pour des parties de pêche à la ligne dans les îles de la baie. Il a rapporté de Paris un projecteur cinémato-graphique et il leur passe des films documentaires et les films de Charlot. Les enfants rient. Allez encore un. Et puis les cerfs-volants. Ça ne sait pas s'arrêter, les enfants. Maintenant ça suffit. Il a une autre idée. Ouste. Tout le monde dehors.

Il fait installer un réseau de télégraphie sans fil de Nha Trang à Suôi Giao et au Hon Ba. Un officier des Transmissions séjourne dans chacune de ses trois maisons et relie les émetteurs-récepteurs, forme Yersin et ses collaborateurs à leur utilisation. On pourra dorénavant échanger les nouvelles et les prévisions météo. On coiffe les écouteurs à tour de rôle. « Nous sommes malheureusement trop éloignés pour pouvoir entendre les concerts émis par divers postes en Europe et en Amérique. » Yersin se plonge dans les manuels techniques, écrit à Calmette : « Mon laboratoire personnel d'électricité se monte peu à peu et je m'y plais beaucoup. J'ai réussi à enregistrer sur bande les radios de Bordeaux. Cela ne marche pas encore très bien, à cause des atmosphériques qui sont intenses en cette saison, mais s'il n'y avait pas de difficultés à vaincre, il n'y aurait pas de plaisir. »

Au point où on en est, un idiot planterait un drapeau. Il se dirait chef, recruterait une milice, commanderait un hymne, hisserait les couleurs de sa flotte, battrait monnaie. William Walker et son éphémère république de Basse-Californie-et-Sonora. Mayrena et son royaume des Sedangs. James Brooke et son sultanat du Sarawak. Une estrade et un micro. Un uniforme et des lunettes noires. Un Guide, un

Raïs, un Bao Dai. Une épouse hollywoodienne pourquoi pas. Parce que son royaume c'est vachement plus grand que Monaco.

C'est bien beau de se parler à la radio. Mais de Nha Trang à Suôi Giao, puis de Suôi Giao au Hon Ba, c'est encore des heures de pirogue puis de cheval pour monter les semences et descendre les productions. Il estime à présent l'étendue de son domaine à vingt mille hectares en incluant la montagne dans sa « sphère d'influence » et sans compter le ciel au-dessus. Lorsque l'Académie des sciences lui remet un prix pour quelque trouvaille ingénieuse, il entreprend avec l'argent la construction d'une route en lacet de trente kilomètres. Le voilà ingénieur en génie civil. « Au lieu de faire exécuter ce travail par des entrepreneurs, je le dirige moi-même avec l'aide de nos caïs annamites. Je donnerai à notre route une pente régulière de dix pour cent. » Il faut parfois briser la roche à l'explosif. « Les débris nous servent pour la construction des murs de soutènement des remblais que nous faisons en pierres sèches. » Il termine ainsi sa lettre à Roux : « Le travail coûtera aussi moins cher et profitera à notre personnel, au lieu de nourrir des intermédiaires qui ne payaient pas leurs coolies. J'emploie pour le tracé un instrument très pratique de construction anglaise et qui s'appelle Improver Road Tracer. »

La route permettra de hisser jusqu'au chalet un puissant groupe électrogène, d'installer l'éclairage pour amuser les perruches, et d'actionner un bélier hydraulique pour irriguer les parcelles et les rosiers. Yersin commande en France une voiture autochenille Citroën, la même que « celles qui ont traversé le Sahara ». Parce que mine de rien, et même si jamais il n'en fit un but, le roi du caoutchouc et du quinquina engrange les bénéfices. Yersin l'ascétique s'est taillé tout seul un empire dans l'Empire.

Tout de même il aurait le Nobel qu'il se ferait bien un petit aéroport.

le roi du quinquina

Les cinchonas ont quinze ans et sont en grande production. Le siècle a trente ans et Yersin soixante-sept. Ça donne plusieurs tonnes de quinine par an. Comme pour le caoutchouc, on est soumis aux aléas climatiques et zoologiques. « Nous avons en ce moment à Suôi Giao une grande troupe d'éléphants sauvages qui nous causent bien des dégâts, qui abîment la route et détruisent la ligne télégraphique. »

En cette année trente, un révolutionnaire inconnu, qui a changé de nom plusieurs fois, et se fait appeler à présent Hô Chi Minh, qui dix ans plus tôt a assisté au Congrès de Tours, à la création du Parti communiste français, fonde dans la clandestinité le Parti communiste indochinois. Du temps qu'il s'appelait Nguyễn Áï Quóc, il a étudié en France et vécu un peu à Londres et au Havre. Il a été cuisinier sur les paquebots et peut-être Yersin l'a-t-il croisé sur l'une de ses traversées. Il a déjà cette finesse du bambou et le sourire radieux, pas encore la barbichette à la Trotsky. Yersin ne croit pas une seconde à la ritournelle révolutionnaire. Tuer des hommes pour faire vivre des rêves. Pas comme le jeune Rimbaud, l'auteur d'un *Projet de constitution communiste* cinquante ans avant le Congrès de Tours. Ce qui aurait dû lui valoir à titre posthume la carte numéro zéro du Parti. En cette année trente, Doumer, le social-traître, est président du Sénat. Le pasteurien Boëz s'inocule par accident la fièvre typhoïde. Boëz endormi à jamais à Dalat rejoint dans les *Archives des Instituts Pasteur d'Indochine* les combattants tombés au front de la bactériologie.

L'année suivante, c'est à Paris l'Exposition coloniale, dont le patronage est confié au vieux Lyautey. On élève dans le bois de Vincennes une réplique d'Angkor Vat. Yersin et Lambert ne feront pas le déplacement, mais publient à cette occasion une brochure sur la culture des arbres à quinquina, dont le style est à nouveau de la poésie utile : « L'action de l'acide phosphorique peu soluble, des phosphates du Tonkin, n'est pas évidente. La potasse, sous la forme de sels d'Alsace, n'a eu qu'une faible action, la chaux paraît ne pas avoir agi favorablement bien que le terrain fût dépourvu de cet élément. La cyanamide, le nitrate de chaux ont eu une action nettement nuisible, plusieurs pieds de ces séries ont péri, les autres se sont développés avec un retard sur ceux des autres séries. » C'est presque aussi vif qu'un vers de Cendrars qui pourrait être une biographie de Yersin, « Gong tam-tam zanzibar bête de la jungle rayons-x express bistouri ».

Puis Lambert meurt à quarante-six ans. Autour de Yersin ça commence à être l'hécatombe. Il rédige la nécrologie de son ami pour les *Archives*. L'amitié est le seul sentiment paradoxalement rationnel et qui ne soit pas une passion. Yersin qui souffre se souvient d'avoir été « conquis par les qualités du compagnon de travail et de l'ami ». Le portrait de l'ami est toujours un autoportrait, on lui prête les vertus qu'on aimerait lire en miroir. « Homme de caractère et de devoir, il n'accordait son amitié qu'à bon escient mais, une fois donnée, il lui restait fidèle avec droiture, une fermeté tranquille, prête à tous les dévouements. »

Parce que au bout du compte, qu'on ait ou pas le vaccin antipesteux, on sait bien qu'on ne trouvera jamais le vaccin contre la mort des amis et que tout cela est un peu vain. On pourrait croire à une réussite exemplaire. Mais peut-être pas. Les cloisons de sa raison depuis l'enfance sont étanches à la passion. Acier inoxydable. Jamais le cœur du réacteur ne franchira l'enceinte de confinement, sinon à la moindre fêlure ce serait la catastrophe, l'explosion, l'anéantissement, la dépression, la mélancolie ou pire encore, les foutaises de la littérature et de la peinture, alors les lubies scientifiques, la pression telle sur la soupape que la pensée à jet sporadique dans son mouvement rotatif projette à tout-va, invente dans tous les domaines. Et sans doute il s'en fout un peu, Yersin, de son nom ou pas en haut de l'affiche. Sans doute il fait tout ça parce que la girafe est déjà bien coiffée.

On est en haut du toboggan pour la prochaine guerre mondiale. Yersin envoie en France ce qu'il ignore être de la poésie maintenant futuriste, comme ces *Quelques observations d'électricité atmosphérique en Indochine* publiées par l'Académie des sciences. Doumer est élu président de la République. Yersin continue à prendre du recul et de la hauteur au Hon Ba. Le monde bouge dans son dos. Il s'en désintéresse. Toute cette saleté de l'Histoire et de la politique il croit pouvoir à jamais l'ignorer. Il souscrirait à l'individualisme de Baudelaire s'il l'avait lu, selon lequel il ne peut y avoir de progrès vrai que dans l'individu et par l'individu lui-même. Yersin est un homme seul. Il sait que rien de grand jamais ne s'est fait dans la multitude. Il déteste le groupe, dans lequel l'intelligence est inversement proportionnelle au nombre des membres qui le composent. Le génie est toujours seul. Le conseil atteint à la lucidité du hamster. Le stade à la perspicacité de la paramécie.

Un soir on apprend à la radio que Doumer vient d'être abattu au pistolet par le médecin russe Pavel Gorguloff, dont on ne saura jamais bien s'il est fou ou fasciste.

Doumer fut l'ami des écrivains et Loti lui avait dédié son *Pèlerin d'Angkor* : le jour de son assassinat, se tient près de lui Farrère qui fut l'ami de Loti et comme lui marin sur le Bosphore, Farrère l'académicien, le prix Goncourt avant-guerre pour *Les Civilisés* dont l'action est à Saigon, Farrère qui prend lui aussi dans l'histoire un pruneau dans le buffet mais s'en remettra, d'après la radio. Il y a longtemps que Doumer et Yersin ont escaladé ensemble les collines jusqu'au plateau du Lang Bian pour y fonder Dalat. Longtemps qu'ils ont remonté ensemble le Mékong de Saigon jusqu'à Phnom Penh, l'orphelin de Morges et l'orphelin d'Aurillac.

Cinquante ans plus tôt, à Aurillac, les éleveurs de moutons avaient invité Pasteur pour le remercier de les avoir débarrassés du charbon. On lui avait offert une grande coupe sculptée où apparaissaient les emblèmes du microscope et de la seringue. À l'ombre des platanes pavoisés, devant la fanfare alignée, et quelques moutons lauréats du comice, le maire avait pris la parole et s'était adressé à la redingote noire, au nœud papillon, aux yeux bleus : « Elle est bien petite, notre ville d'Aurillac, et vous n'y trouverez pas cette population brillante qui habite les grandes cités, mais vous y trouverez des intelligences capables de sentir vos bienfaits et d'en conserver le souvenir. » Dans la petite foule assemblée, l'orphelin Doumer était un jeune professeur de mathématique. Et ce souvenir, il l'avait en effet conservé au point de fonder, vingt ans plus tard, le complexe sanitaire de Hanoi et de placer à sa tête le pasteurien Yersin.

En cette même année trente-deux de l'assassinat de Doumer, Émilie meurt en Suisse au milieu de ses cages à poules et c'est la fin de la correspondance. En cette même année trente-deux, un ancien médecin pasteurien, un pasteurien renégat, devenu écrivain, romancier, publie son *Voyage au bout de la nuit*.

Alexandre & Louis

À dix-huit ans, ce fils d'une dentellière du passage Choiseul contracte un engagement de trois ans. Il est affecté au 12ᵉ Cuirassiers en garnison à Rambouillet, accède au grade modeste de maréchal des logis. Bien sûr c'est le gîte et le couvert mais ça n'était pas une bonne idée. Bientôt c'est quatorze. Le voilà à vingt ans médaillé militaire et invalide à soixante-quinze pour cent. Ça lui vaut son portrait en couverture de *L'Illustration*. Au moins ne verra-t-il pas Verdun. On expédie le héros anglophile en Angleterre. Il se rend au Cameroun d'où les Allemands sont chassés, devient aventurier pour la compagnie de l'Oubangui-Sangha, gagne Bikobimbo à trois semaines de marche. Il y attrape le paludisme et la dysenterie.

Louis-Ferdinand Destouches a connu en Afrique ce que Yersin découvrait en Asie et écrivait à Fanny : « Cette sorte de liberté sauvage dont on jouit ne peut être comprise en Europe où tout est si réglé par la civilisation. »

Ces deux-là sont perdus pour l'Europe.

Après la guerre, au début des années vingt, le futur Céline, étudiant en médecine, obtient un stage à l'Institut Pasteur. On l'envoie étudier les algues et les bactéries à Roscoff en compagnie du jeune André Lwoff alors âgé de dix-huit ans. Louis-Ferdinand Destouches prépare sa thèse sur Ignace Semmelweis, le médecin hygiéniste hongrois, le pré-pasteurien, le génie incompris, interné en hôpital psychiatrique, où il se rebiffe et meurt sous les coups du personnel. Parce que c'est ainsi le génie, c'est l'un ou l'autre, les ors et les marbres et le Panthéon ou la camisole, il s'en faut de si peu. Dans sa thèse, Céline écrit en bon pasteurien son hommage à la redingote noire, au nœud papillon. « Pasteur, avec une lumière plus puissante, devait éclairer cinquante ans plus tard la vérité microbienne de façon irréfutable et totale. »

Il devient médecin hygiéniste auprès de la Société des Nations à Genève, remplit diverses missions aux États-Unis, au Canada, à Cuba. Peut-être un temps rêve-t-il d'une carrière scientifique, d'un Nobel, puis laisse tomber. Il va plutôt dynamiter le roman comme Rimbaud avait dynamité la poésie. Il ouvre un cabinet en banlieue parisienne et le soir se met à scribouiller ses trucs, ne veut plus entendre parler de la recherche médicale. Et l'on songe à Yersin à l'époque des sollicitations incessantes de Calmette et de Loir : « Et puis d'ailleurs, mon intention bien arrêtée est de ne plus rentrer à l'Institut Pasteur. »

Dans le roman, Louis Pasteur devient Bioduret Joseph. Un médecin de banlieue retour des charniers et des bourbiers et des barbelés de la guerre de quatorze vit la vie des pauvres qui est la même avant ou après la victoire, avant ou après les monuments et les drapeaux et les mensonges de la politique. L'enfant Bébert va mourir. « Vers le dix-septième jour, je me suis dit tout de même que je ferais bien d'aller demander ce qu'ils en pensaient à l'Institut Bioduret Joseph d'un cas de typhoïde de ce genre. »

La description de l'Institut est catastrophique. Le médecin de banlieue dit le merdier et la puanteur au milieu de quoi les laborantins profitent du gaz gratuit pour se faire mijoter des pot-au-feu parmi « des petits cadavres d'animaux éventrés, des bouts de mégots, des becs de gaz ébréchés, des cages et des bocaux avec des souris dedans en train d'étouffer ». Les pasteuriens peut-être crient au scandale et à la trahison, mais on peut aussi se souvenir de certaine phrase de Yersin : « La vie de laboratoire qu'on y mène me paraît impossible une fois qu'on a goûté de la liberté et de la vie au grand air. »

Le médecin rencontre le vieux savant désabusé Parapine qui fut son maître du temps qu'il y croyait encore. Le pardessus noir aux épaules tombantes couvertes de pellicules, la moustache blanche jaunie par le tabac, celui-là se moque de son jeune préparateur ambitieux. « La moindre de mes singeries l'enivre. N'en va-t-il pas d'ailleurs de même dans toutes les religions ? N'y a-t-il point belle lurette que le prêtre pense à tout autre chose qu'au

Bon Dieu que son bedeau y croit encore… Et dur comme fer ? »

Yersin : « Les recherches scientifiques sont très intéressantes, mais M. Pasteur avait parfaitement raison quand il disait qu'à moins d'être un génie, il faut être riche pour travailler dans un laboratoire sous peine de traîner une existence misérable même avec une certaine renommée scientifique. »

Céline : « C'est à cause de ce Bioduret que nombre de jeunes gens optèrent depuis un demi-siècle pour la recherche scientifique. Il en advint autant de ratés qu'à la sortie du Conservatoire. On finit tous d'ailleurs par se ressembler après un certain nombre d'années qu'on n'a pas réussi. »

Le jeune médecin dépité va voir « la tombe du grand savant Bioduret Joseph qui se trouvait dans les caves mêmes de l'Institut parmi les ors et les marbres. Fantaisie bourgeoiso-byzantine de haut goût ». La crypte et les mosaïques que le vieux Joseph Meister, huit ans après la parution du roman, alors que les Allemands entrent dans l'Institut, ne voudra pas voir profanées.

Qu'est-ce qui lui traverse la tête, à celui-là, avant la dernière balle ? Et pourquoi a-t-il rapporté de la guerre de quatorze la vieille pétoire ? Pourquoi depuis plus de vingt ans l'a-t-il nettoyée et grais-sée, enveloppée dans un chiffon et glissée au fond d'un tiroir ? Sans doute pensait-il que l'arme avait à voir avec son métier de concierge, de gardien du temple, d'ultime rempart. Peut-être, en Alsacien, savait-il que la victoire était provisoire et qu'un jour on allait remettre le couvert. Qu'il veillerait mieux sur la dépouille de Pasteur à présent mort depuis quarante-cinq ans. Les Allemands rient de ce vieillard qui entend leur barrer la route comme s'il se croyait tout seul plus puissant que la ligne Maginot. On l'écarte, le bouscule. On descend les marches vers les ors et les marbres. Le petit vieux déguerpit. Revoit-il le chien, les crocs, l'écume blanche qui ruisselle le long de la gueule ? La détonation. On fait sauter les crans de sûreté des mitraillettes, aboie des ordres, court dans les escaliers. On apprend que le vieil homme qui gît dans le sang n'aura de sa vie rempli qu'une mission : avoir été le premier sauvé de la rage. La preuve de la théorie pasteurienne. Un cobaye.

presque un dwem

Depuis des années, Bernard et Jacotot font tourner la boutique et développent les vaccins, ouvrent des chenils pour la rage des chiens et des porcheries pour la peste porcine. On est depuis longtemps passé de l'artisanat à l'industrie, des mille doses avant quatorze à plus de cent mille. Les membres de l'équipe ont été formés à Nha Trang : Bûi Quang Phuong y restera médecin expérimentateur pendant vingt-cinq ans ainsi que les préparateurs, Lê Văn Da et Ngô Dai, et les laborantins. Ceux-là sont jeunes encore, et comme nous tous n'imaginent pas ce qui les attend. Ils seront déjà de vieux hommes pendant les guerres d'Indochine.

Parce qu'on n'avait encore rien vu. La Première c'était pour se faire la main. La Russie à feu et à sang de Moscou à Vladivostok ça n'était rien encore. Un jour le siècle a trente-trois ans. C'est l'âge auquel meurent le Christ et Alexandre le Grand. Mais c'est une fatalité que les siècles vivent centenaires. La petite frappe dans la force de l'âge devient chef de gang. À Berlin, les collectionneurs d'art Hitler et Göring accèdent au pouvoir et à Paris, la même année, Calmette et Roux meurent à deux semaines d'intervalle.

Roux comme Pasteur a droit à des obsèques nationales. Il est enterré dans la cour de l'Institut. C'est le dernier qu'on enterre dans la cour. Sinon les prochaines générations ne pourront rejoindre leurs labos sans piétiner les dépouilles de savants. On donne son nom à la fraction de la rue Dutot qui rejoint le boulevard Pasteur. Dans le roman de Céline, Roux était Jaunisset, et Parapine « qualifia ce Jaunisset fameux en l'espace d'un instant de faussaire, de maniaque de l'espèce la plus redoutable, et le chargea encore de plus de crimes monstrueux et inédits et secrets qu'il n'en fallait pour peupler un bagne entier pendant un siècle ». Yersin : « Dans le monde des savants, il y a peut-être plus de jalousie, de mauvaise foi et de déceptions que partout ailleurs. »

Depuis la mort de Calmette et de Roux, voilà Yersin dernier survivant de la bande à Pasteur et c'est une fonction qu'il assumera pendant dix ans. On le nomme directeur honoraire de la maison mère. Chaque année, il quitte Saigon par la ligne aérienne d'Air France et descend au Lutetia, préside le concile au Saint-Siège où s'assemblent les directeurs des Instituts Pasteur de Casablanca et Tananarive, Alger et Téhéran, Istanbul et ailleurs, et ceux de Hanoi et de Dalat et de Saigon qu'il représente lui-même, ainsi que les laboratoires détachés à Hué, à Phnom Penh et à Vientiane.

Après la dernière séance de mai quarante, et son dernier retour à bord de la petite baleine blanche en duralumin anodisé, Yersin a tenté de maintenir le contact par radio depuis la grande maison carrée, le casque des écouteurs sur les oreilles. Maintenant on est en quarante-trois. En cas de victoire de l'Axe, les Instituts Pasteur vont disparaître, ou bien devenir des Instituts Koch ou Kitasato.

Mais les Alliés ont débarqué en Afrique du Nord l'an passé. Ça commence à sentir le roussi pour les Allemands et les Japonais. À ce moment où la guerre bascule, le pasteurien Eugène Wollman, celui qui travaille sur les bactériophages du bacille de Yersin, auquel on avait conseillé, comme à tous les juifs de l'Institut, de s'éloigner de Paris pour gagner la zone libre, du temps qu'elle existait encore, et qui avait refusé, est arrêté à l'Institut par la police française et envoyé à Drancy avec sa femme. Il mourra à Auschwitz. Les futurs héros et prix Nobel de la bactériologie sont entrés dans la Résistance. L'équipe d'André Lwoff produit clandestinement des vaccins pour les maquisards. Tout ça bien sûr Yersin l'ignore. Depuis plus de trois ans, il tourne en rond. Il a bientôt quatre-vingts ans et il attend la fin, la sienne ou celle de la guerre, dans la grande maison carrée à arcades au bord de l'eau, il attend, assis dans son rocking-chair sous la véranda.

Depuis dix ans, Calmette est devenu un dwem. Roux lui aussi est devenu un dwem. Depuis longtemps, depuis la découverte de ce « posh » à la mode sur les paquebots, Yersin connaît cette habitude de la langue anglaise de former des mots avec des initiales. Mais celui-là est américain, dwem, et met dans le même sac les Anglais, les Français ou les Allemands et les Italiens : dead white european males. Autant que Roux et Calmette, Dante et Vinci, Pasteur ou Wollman, Pascal, Goethe ou Beethoven, Marat, Cook, Garibaldi, Rimbaud, Cervantès, Magellan, Galilée ou Euclide, Shakespeare ou Chateaubriand, tous ceux que naguère encore on nommait les grands hommes épinglés comme une variété d'insectes, les dwem fixés au carton les élytres écartés, une inutile et curieuse collection de l'ancien temps. Yersin écrit son testament.

Roux comme Pasteur vénérait la République et le triple emblème. Et que les trois mots l'un sans l'autre n'ont pas de sens. Que la liberté n'est pas la licence et que l'injuste ne peut être libre, qui est victime de ses passions. Que l'égalité doit être celle des chances au départ et du respect du mérite à l'arrivée, qu'en conséquence l'héritage est banni sauf s'il est affectif et se réduit à trois sous. C'est à la collectivité qu'il faut remettre l'essentiel.

« Je lègue à l'Institut Pasteur d'Indochine, qui en disposera comme il lui conviendra, les immeubles que j'ai fait construire, tout mon mobilier, frigidaire, récepteur TSF, appareils photographiques, et compris toute ma bibliothèque, tous mes appareils scientifiques. Les appareils scientifiques concernant la physique du globe, l'astronomie, la météorologie, etc., pourront être remis à l'Observatoire central de

Phú-Liên au cas où personne, à l'Institut Pasteur, ne serait en mesure de les utiliser. Je désirerais qu'il soit attribué à mes vieux et fidèles serviteurs annamites des pensions viagères provenant des intérêts d'un bon à échéance que j'ai pris dans ce but à la Hongkong Shangai Bank à Saigon, et qui est détenu par M. Gallois à Suôi Giao. M. Jacotot voudra bien se charger de répartir ces pensions entre les serviteurs : Nuôi, Dũng, Xê en première ligne, puis à mon jardinier Trinh-Chi, à Du qui s'occupe de mes oiseaux, à Chutt et à toutes personnes de mon entourage qui en seront jugées dignes par M. Jacotot. »

L'enveloppe est cachetée et remise à Jacotot accompagnée d'un mot : Yersin demande une petite cérémonie vietnamienne, l'encens et le repas du cinquantième jour, les étendards blancs. On brûlera des papiers votifs, déposera sur l'autel du disparu un bol de riz, un œuf dur, un poulet cuit, un régime de bananes. Il veut être inhumé à Suôi Giao, à mi-chemin de Nha Trang et du Hon Ba, au centre du monde et du domaine. Maintenant tout est en ordre. Il a choisi l'emplacement et l'a délimité. Il a choisi de ramener son royaume de plusieurs dizaines de milliers d'hectares à deux mètres carrés.

Il attend au milieu de toute cette beauté, Yersin. Un génie et peut-être au fond un malade mental. Il s'en faut de si peu. Un génie dont la fin sera plus paisible que celle de Semmelweis. Mais on peut imaginer que, si le hasard l'avait fait interner dans un hôpital psychiatrique, lui aussi se serait rebellé. Il a voulu se protéger du monde et clore son propre lazaret, un jardin coupé du monde, des virus et de la politique et du sexe et de la guerre, s'enfermer dans sa quarantaine de quarante ans avec ses lubies qu'il poursuit. Il pourrait y avoir une chute après la gloire. Ça s'est vu souvent. Quelque chose de romanesque, un meurtre, un rebondissement, du sublime ou bien du grotesque, un ridicule larcin. Yersin devient kleptomane ou alcoolique. Mais non, Yersin ne choit pas et pourtant, d'un bout à l'autre, il demeure humain.

Au milieu de toutes ces vies et du maelström, la vie de Yersin qui en vaut bien une autre. Il est un homme de raison qui jamais ne se laissa entraîner par la passion. Il est un homme de la lumière grecque et parmi les quatre piliers choisit le Portique et le Jardin plutôt que le Lycée ou l'Académie. De son dernier voyage, il a rapporté les Anciens. C'est un secret. La nuit, dans la grande maison carrée, les lunettes devant les yeux bleus fatigués, Yersin tourne les pages de grec et de latin, cache le texte français et traduit au crayon. C'est le dernier secret et la dernière énigme. Il n'a plus qu'à mourir pour devenir un dwem à son tour. Il ne lui manque plus que l'initiale.

sous la véranda

Il l'a construite solide, la grande maison carrée aux arcades. Assez vaste pour y abriter tous les pêcheurs de Xóm Côn et leurs familles pendant les nuits de typhon, pour y accueillir les enfants qui viennent lire les illustrés rapportés pour eux de Paris. Yersin attend. Il sait bien qu'il va mourir mais ça ne vient pas. Il aura vécu du Second Empire à la Seconde Guerre mondiale. Une vie d'homme est l'unité de mesure de l'Histoire. Les Japonais ne sont toujours pas arrivés jusqu'à Nha Trang. C'est la course entre la mort et les Japonais. Maintenant il est un personnage de Gracq. Il surveille la mer d'où peut-être l'ennemi viendra.

C'est encore la guerre en Europe et ici c'est la guerre du Pacifique. Les Américains font feu de tout bois. Ils financent le Vietminh de Hô Chi Minh qui combat dans le Tonkin l'occupant japonais. Chaque chose en son temps. Plus tard on s'occupera des Français. Dans les maquis s'entretuent staliniens et trotskystes vietnamiens. La petite bande de Nha Trang est au milieu de tout ça. Le soir, après qu'ils ont rangé et nettoyé leur paillasse, Jacotot et Bernard viennent retrouver le vieux maître sous la véranda.

Parfois se joint à eux le jeune écrivain Cung Giũ Nguyên. Celui-là mourra centenaire au siècle prochain. Il connaîtra les trois guerres d'Indochine, contre les Français, les Américains puis les Khmers rouges. Il vivra si vieux qu'il connaîtra même l'apparition du capitalisme communiste que n'avait pas imaginé Hô Chi Minh. Ces conversations du soir sont en français. Yersin parle un vietnamien pragmatique et sans nuance, efficace. Nguyễn Phước Quỳnh, avant de devenir journaliste, fut l'un de ces enfants de pêcheurs qui jouaient et couraient dans la grande maison aux arcades. Il se souvient que « l'une des caractéristiques de son usage du vietnamien, c'est qu'il employait souvent les mots *người ta* (on) pour les trois personnes du singulier comme du pluriel, et cet *on* s'appliquait aux hommes comme aux animaux ».

On est devant la mer au milieu des fleurs et des cages à oiseaux. Le perroquet de pirate et le bruit des vagues. Jacotot et Bernard prennent des notes, entreprennent chacun de leur côté d'écrire une Vie de Yersin. Depuis longtemps sa mère et sa sœur ont disparu. La Maison des Figuiers de Fanny a été vendue comme le chalet d'Émilie qui est morte sans enfant. Sans doute ne demeure-t-il aucune trace de lui en Europe. Et peut-être ne restera-t-il d'ailleurs aucune trace de l'Europe. Cette année-là, on se demande encore lequel des deux camps parviendra le premier à l'arme nucléaire. Oppenheimer pour les Américains ou Heisenberg pour les Allemands. Peut-être que seule l'Asie sera épargnée. Comment imaginer, alors, qu'un autre pasteurien, Mollaret, retrouvera un jour toute cette correspondance soigneusement conservée et la versera aux archives de l'Institut Pasteur ?

Yersin est persuadé que toutes ses lettres à Fanny et ses lettres à Émilie, qui constituent le récit véritable de sa vie, ont disparu depuis longtemps. Alors il répond à leurs questions. Comment il a découvert le bacille et vaincu la peste. Quitté la Suisse pour l'Allemagne, l'Institut Pasteur pour les Messageries Maritimes, la médecine pour l'ethnologie, celle-ci pour l'agriculture et l'arboriculture. Comment il fut en Indochine un aventurier de la bactériologie, explorateur et cartographe. Comment il parcourut pendant deux ans le pays des Moïs avant de gagner celui des Sedangs. Les deux scientifiques l'interrogent sur ses lubies et ses inventions, l'horticulture et l'élevage, la mécanique et la physique, l'électricité et l'astronomie, l'aviation et la photographie. Comment il devint le roi du caoutchouc et le roi du quinquina. Comment il rejoignit à pied depuis Nha Trang le Mékong et Phnom Penh, pour finalement vivre cinquante ans dans ce village au bord de la mer de Chine. Les deux scientifiques emplissent leurs carnets. Ils voient les yeux bleus de Yersin qui ont vu les yeux bleus de Pasteur.

Le fantôme du futur observe le vieil homme assis là dans son rocking-chair depuis l'or pâle du matin jusqu'au cuivre du soir. Dans le bonheur antique des jours. Yersin sait bien qu'il ne montera plus au chalet du Hon Ba ni à la ferme de Suôi Giao. Il imagine le pas lent des troupeaux à l'herbage. La croissance plus lente encore de ses légumes, de ses fleurs et de ses fruits. Lui qui sait ce que sont les hommes au-dedans de leur sac de peau, il est assis là devant la mer et l'horizon et a conscience que ses cellules disparaissent, ou se répliquent de moins en moins vite, avec de plus en plus d'erreurs ou de bruits dans le message de l'acide désoxyribonucléique qu'on ignore encore. Mais on sait depuis Pasteur que rien ne naît de rien et que tout ce qui vit doit mourir. Il respire l'odeur de soir fêté, laisse le vent baigner sa tête nue.

Yersin n'est pas un homme de Plutarque. Il n'a jamais voulu agir dans l'Histoire. À la différence des Vies que celui-ci met en parallèle, celles des traîtres et des héros, celle-là de Yersin n'offre aucun exemple à fuir ou à reproduire, aucune conduite à suivre : un homme essaie de mener son embarcation en solitaire et la mène plutôt bien. Derrière lui la mer efface son sillage. Le soir on l'aide à gagner son bureau. Il reprend l'étude du grec et du latin.

le fantôme du futur

À l'époque de Yersin, c'était loin, Nha Trang.
Parce que c'était loin de l'Europe. Aujourd'hui
c'est au centre du monde. Au bord du Pacifique
qui a succédé à l'Atlantique qui a succédé à la
Méditerranée. Le Mexique est en face. Acapulco.
C'est l'Europe qui est loin. De l'autre côté du
monde, sur la face cachée de la planète. Si à Dalat
le temps semble s'être arrêté sur les eaux paisibles
du Lac, et dans les salons du Lang Bian Palace,
ici la ville est absolument moderne.

Yersin serait moins dépaysé s'il se retrouvait
aujourd'hui à Paris et reprenait sa chambre au Lutetia.

Le fantôme du futur qui l'a suivi autour du monde
pourrait ici descendre au Yasaka, à l'angle de la rue
Yersin et du boulevard de mer, une tour de verre
hôtelière qu'on verrait se dresser pareillement à
Bangkok ou Miami, partout où la malle bourgeoise
et aérienne nous dépose. Nha Trang est une station
balnéaire surtout fréquentée par des Russes et des
Vietnamiens du Nord. La grande base militaire amé-
ricaine de Cam Ranh, à trente kilomètres d'ici, était

devenue une base soviétique après la Réunification. Le seul vol international pour Nha Trang décolle de Moscou. Les Russes viennent y bénéficier des joies combinées du tropique et des marteaux et faucilles nostalgiques sur les drapeaux rouges qui bordent la plage. Les menus du restaurant Yasaka sont trilingues, vietnamien, anglais et russe. Ce n'est cependant qu'en anglais, dans les salles de bain – louable souci de pousser les Russes au multilinguisme ou bonne blague à l'ancien grand frère –, qu'on mentionne que l'eau du robinet n'est pas potable.

À l'angle des rues Yersin et Pasteur, en ce mois de février deux mil douze, des ouvriers travaillent jour et nuit sur le chantier du Nha Trang Palace. Le fantôme se dirige vers l'Institut Pasteur tout proche. Lorsque la grande maison à arcades de la Pointe des Pêcheurs a été détruite, il y a quelques années, on a transporté vers une annexe de l'Institut tout ce qui restait à l'intérieur, de la lunette astronomique au matériel de météorologie, et ouvert un petit musée Yersin. On y voit une reconstitution de son bureau. Tout est en bois sombre et les instruments scientifiques d'un autre temps sont en cuivre et en laiton. Le fantôme du futur s'assoit dans le rocking-chair de Yersin. Il voit aux murs les cartes de ses expéditions. Sur une table son livre sur les Moïs. C'est un terme générique tombé en désuétude, « peuples des montagnes, montagnards ». Aujourd'hui on lui préfère celui de « minorités ethniques ». Autour de Dalat les Lats, les Chills, les Srés. À Suôi Dâu les Jaglaïs.

Sur les rayonnages, des centaines d'ouvrages en français et en allemand couvrent le champ des lubies. Des livres d'Histoire. Mais cette bibliothèque est peut-être aussi celle des premiers pasteuriens de Nha Trang, de Bernard et de Jacotot ou de Gallois. Yersin lut-il ce livre d'Alain Gerbault, *Sur la route du retour – journal de bord* ?

Sur son bureau, des poèmes de Virgile tapés à la machine en latin, à interligne deux, et traduits au crayon, vers après vers, dans l'interstice. Des listes de phrases en vietnamien à mémoriser. Une photographie de lui à Paris avec Louis Lumière. Son dernier billet d'avion du trente mai quarante. Yersin occupait bien la meilleure des douze places, la K, isolée à l'arrière gauche de l'appareil. Le billet énumère les alcools mis à la disposition des passagers, les marques de whiskies, cognac et champagne que durent s'enfiler gaîment les riches fuyards après le décollage du dernier vol Air France à la barbe des Allemands. Une photographie de lui à son dernier retour en juin quarante, sur la passerelle de la petite baleine blanche à Saigon.

On peut d'ici prolonger cette marche sur trois cents mètres vers le nord en direction de la rivière. À la place de la grande maison carrée à arcades s'élève un hôtel pour le repos des policiers méritants de toute la République socialiste du Vietnam. En terrasse le restaurant Svetlana, au ras des vagues en rouleaux sonores, est fermé hors saison. Le gardien accepte qu'un étranger s'y abrite de la pluie fine, mais peut-on jamais rien refuser à un fantôme. Celui-là s'assoit devant le grand boucan des vagues. Seule la vue vers l'horizon est intacte.

Les pêcheurs ont été déportés dans un nouveau village de l'autre côté de la rivière pour laisser place aux hôtels. Au pied du pont, dans un bistrot un peu déglingué qui ne sert que deux boissons, thé et café, sont accrochés aux murs de manière assez incongrue cinq portraits de dwem : Bach, Beethoven, Einstein, Balzac et Bonaparte. Ni Yersin ni Pasteur. Pourtant ces deux-là sont vénérés au Vietnam et leur nom toujours au coin des rues. Pasteur est un saint de la religion Cao Dai surtout pratiquée dans le delta du Mékong. Yersin est un Bodhisattva dans la pagode de Suôi Cat non loin d'ici. Assis sur une chaise en plastique au bord du trottoir, le fantôme observe le flot continu des automobiles et des vélomoteurs qui s'engage sur le pont et franchit la rivière. Yersin fut le premier à apporter jusqu'ici une automobile. Le premier à photographier la magnifique baie.

De ce qui fut la Pointe des Pêcheurs aujourd'hui sans pêcheurs, Xóm Cồn, pour se rendre au Hon Ba, il faut traverser la ville et atteindre la route Mandarine, s'y engager en direction du nord et de Hanoi, bifurquer à droite, puis trente kilomètres de lacets grimpent dans la montagne. Des minorités ethniques brûlent et défrichent les collines basses pour y produire du bois, eucalyptus et acacias, et des anacardiers pour les noix de cajou. Champs de bananiers, maïs, herbes hautes et coupantes. Devant les cabanes de bambou filent des poulets et trottinent des veaux apeurés par le moteur. Au bout d'une heure une barrière de police rouge et blanche et une guérite. Au-delà les éboulements de roches et les glissements de terrain sont fréquents à cette saison des pluies. Plus haut, on pourrait se croire dans des jungles connues, celles du Honduras ou du Salvador, et puis à chaque lacet la température baisse et le ciel se couvre, la brume descend. On a l'impression que ça ne finira jamais quand des chiens aboient dans le brouillard, et que la route s'achève sur une grande flaque boueuse.

Quatre hommes vivent ici loin de tout, deux gardiens du chalet reconstruit de Yersin et sur un monticule en face deux gardes forestiers en treillis. Entre eux un théier centenaire. À l'intérieur quelques meubles en bois noir et le lit de Yersin, des appareils scientifiques, une vieille valise dans une armoire. Les nuages entrent par les portes et les fenêtres ouvertes. La brume comme une fumée de cigarette roule dans le chalet, tout est mouillé et ruisselle, comme laqué. Dans la forêt aux grandes fougères, sous la pluie, les gardes retrouvent la trace des anciennes écuries, des abreuvoirs, des rochers creusés dont on fit des bacs pour y semer les premiers cinchonas. De gros lézards bruns que lèvent les chiens bondissent aux arbres. Plus bas la rivière bouillonnante et orange de limon. Assis plus tard devant le thé brûlant dans le chalet trempé, on décroche les sangsues des mollets, comme si ces idiotes pensaient pouvoir se nourrir du sang d'un fantôme.

À mi-chemin du retour vers Nha Trang, à Suôi Giao, aujourd'hui Suôi Dâu, une grille peinte en bleu à l'entrée d'un champ, un cadenas, un numéro de téléphone à composer pour alerter le gardien. De l'autre côté, un berger au chapeau conique et long bâton mène un troupeau de moutons qu'accompagnent de grands oiseaux blancs. Le chemin vers la ferme expérimentale longe des lantanas en fleurs, de la canne à sucre, du tabac, du riz en herbe. Puis c'est un raidillon pavé au bord duquel des paysans manient métaphoriquement la faux. La tombe bleu ciel en haut d'une petite colline. Aucun signe d'obédience. Cette seule formule en capitales :

ALEXANDRE YERSIN
1863 – 1943

À gauche un pagodon orange et jaune piqueté de bâtonnets d'encens. Les deux mètres carrés bleu ciel de territoire vietnamien qui furent au milieu du royaume. Il a trouvé ici le repos, trouvé le lieu et la formule. On pourrait écrire une Vie de Yersin comme une Vie de saint. Un anachorète retiré au fond d'un chalet dans la jungle froide, rétif à toute contrainte sociale, la vie érémitique, un ours, un sauvage, un génial original, un bel hurluberlu.

la petite bande

Davantage que sa vie, sans doute il aimerait qu'on écrive ça. La petite bande assemblée autour de la science en personne, la redingote noire et le nœud papillon. La petite bande qui s'en va pasteuriser le monde et le nettoyer de ses microbes. Beaucoup sont des orphelins ou des apatrides qui se choisissent un père et du coup une patrie. À côté de ça des casse-cou, des aventuriers, parce qu'il était aussi dangereux à l'époque de s'approcher des maladies infectieuses que de faire décoller un avion en bois. Une bande de solitaires. Les engueulades brutales et les amitiés indéfectibles. Le groupuscule activiste de la révolution microbienne.

De la puissante explosion du volcan à Paris, ceux-là sont les braises incandescentes qui tombent au hasard des déserts et des forêts. Des hommes jeunes et courageux qui bouclent leurs malles d'éprouvettes, d'autoclaves et de microscopes, sautent dans des trains et des navires et bondissent sur les épidémies. Quelque chose de chevaleresque et de pasteurial. La seringue brandie comme le glaive. Des hidalgos déracinés, des exilés, des provinciaux et des étrangers qui s'en vont parcourir le monde. Depuis Paris, Roux l'orphelin de Confolens est à la manœuvre et centralise les découvertes. Une confrérie. La bande à Pasteur partout en concurrence avec la bande à Koch qu'il faut prendre de vitesse. Il y a encore du blanc sur les atlas et des maladies inconnues. Tout est encore possible et le monde médical est tout neuf. Ça ne va pas durer. Ils le savent bien. Ils sont là au bon moment pour avoir leur nom en latin accolé à celui d'un bacille. Ils appliquent la méthode pasteurienne mise au point avec la rage. Prélever, identifier, cultiver le virus et l'atténuer pour obtenir le vaccin. Ils bénéficient de l'accélération des moyens de transport, de la vapeur qui leur permet d'être sur les lieux dès qu'une épidémie apparaît. En quelques années, les fléaux comme monstres homériques sont terrassés l'un après l'autre, la lèpre, la typhoïde, le paludisme, la tuberculose, le choléra, la diphtérie, le tétanos, le typhus, la peste.

Pas mal y laissent leur peau. Roux se rend en Égypte pour y étudier le choléra en compagnie de Louis Thuillier. Celui-là, reçu premier à l'agrégation de physique, est de retour d'une campagne de vaccination en Russie. Il a vingt-six ans et déjà découvert le bacille du rouget du porc ou mal rouge, et cosigné avec Roux, Pasteur et Chamberland *Nouveaux faits pour servir à la connaissance de la rage*. Dès leur arrivée à Alexandrie, il contracte le choléra et succombe. On est loin de Sedan, loin des politiques.

C'est la trêve. Les deux équipes fraternisent. Selon le témoignage de Roux, dans une lettre qu'il adresse aussitôt à Pasteur, « M. Koch et ses collaborateurs sont venus au moment où la nouvelle se répandait en ville. Ils ont trouvé les paroles les plus belles pour la mémoire de notre cher mort ». Et avant de décrire le bacille du choléra, parce que cette fois c'est lui qui l'emporte, « M. Koch tenait l'un des coins du drap mortuaire. Nous avons embaumé notre camarade. Il est couché dans un cercueil en zinc scellé ». Repose en paix, camarade. Rejoins Pesas et Vinh Tham morts de la peste à Nha Trang et Boëz endormi pour toujours à Dalat.

À la mort de Pasteur, la petite bande des apôtres laïcs essaime sur tous les continents et ouvre des Instituts, répand la science et la raison. Ils ne cessent de s'envoyer des courriers d'un bout à l'autre du monde au hasard des navires en partance. Des lettres écrites d'un jet à la plume, dans la langue positiviste de la Troisième République à la syntaxe impeccable. S'ils ne sont pas tous des Michelet au moins des Quinet. Des scientifiques lettrés qui savent qu'amour, délice et orgue sont féminins au pluriel. Comme des marins ils donnent leur nouvelle position. Calmette à Alger puis à Saigon puis à Lille. Carougeau quitte Nha Trang pour Tananarive. Loir après Sydney crée l'Institut Pasteur de Tunis, étudie la rage en Rhodésie avant de partir enseigner la biologie à Montréal. Nicolle est à Istanbul où Remlinger lui succède avant de gagner Tanger. Haffkine le juif d'Ukraine ouvre un laboratoire à Calcutta. Wollman le juif de Biélo-

PESTE & CHOLÉRA

russie est envoyé au Chili. Après plusieurs années
en Guyane, Simond boucle l'histoire de la peste à
Karachi et part étudier la fièvre jaune au Brésil.

À Nha Trang, des télégrammes ont appris à Yersin
la mort de tous ses vieux amis et l'éparpillement
des survivants plus jeunes. Comme Roux il n'aura
pas de descendance ou bien mythique. Les orphelins de Confolens et de Morges ont choisi Pasteur
pour père spirituel et leurs fils seront spirituels.
Les laborantins deviendront chercheurs. Yersin est
trop vieux dans un monde qui n'est plus le sien. Le
dernier collaborateur de Louis Pasteur est encore
en vie. Il n'écrira pas ses mémoires. Ce livre ne
lui plairait pas. De quoi je me mêle.
    C'est la chaîne sans doute qu'il faudrait écrire
plutôt que les maillons. Une chaîne d'un siècle et
demi de long. Pasteur choisit Metchnikoff qui choisit
Wollman, Eugène Wollman, lequel à son retour du
Chili travaille sur les bactériophages du bacille de
Yersin avant d'être déporté à Auschwitz pendant que
son fils entre dans la Résistance. Après la guerre,
celui-là, Élie Wollman, est choisi par André Lwoff,
et dans son laboratoire il travaille avec François
Jacob qui avait rejoint les Forces françaises libres
à Londres, combattu de la Libye à la Normandie.
Ils reprennent ensemble les travaux d'Eugène Woll-
man. Jacob reçoit le Nobel avec Lwoff et Monod.
Celui-là avait exploré le Groenland avec Paul-Émile
Victor dans les années trente avant de rejoindre la
Résistance. Vingt ans après le Nobel, Lwoff écrit

son article *Louis-Ferdinand Céline et la recherche scientifique*, parce que, quoi qu'on fasse, comme dans un groupuscule activiste, qu'on essaie de s'enfuir au plus loin comme Yersin, ou de médire comme Céline, de trahir et de passer à la littérature, on n'échappe pas à la vigilance du groupuscule.

Ce sera la dernière énigme de la vie de Yersin. La littérature. On ne le découvrira qu'après sa mort en classant ses archives. Il a mis le nez dans la littérature et le voilà lui aussi soumis à l'addiction. Il sait maintenant que « cela ne veut pas rien dire ». Rimbaud vient du latin et Yersin y finit sa vie. L'addiction ultime est plus forte que la cocaïne qui fut son seul échec.

Jacotot découvrira son petit atelier clandestin de traduction en rangeant son bureau. Les livres et les feuillets et sur les couvertures la chouette ou la louve. Octogénaire, il reprend l'étude du latin et du grec, occulte la page de gauche. Traduire c'est comme écrire une Vie. L'invention contrainte, la liberté pourtant du violon sur la partition, le coup d'archet, les envolées légères de la chanterelle et le rythme sourd des graves. Jacotot surpris consigne l'inventaire avec dévotion : Phèdre et Virgile, Horace, Salluste, Cicéron, Platon et Démosthène. Sans doute Yersin y lut-il les valeurs antiques qui furent les siennes, la simplicité et la droiture, le calme et la mesure. Il a enfin le goût de la littérature et toujours celui de la solitude.

la mer

De temps à autre se réveillent les vieilles blessures du combat avec Thouk, le coup de lance entre les côtes et le pouce fendu. Ses jambes ne le portent plus. Il est assis dans son rocking-chair. Ça n'est pas pour autant qu'il pourrait rester là à ne rien faire. Au fond du vieux cerveau résonne la phrase de Pasteur comme une injonction : « Il me semblerait que je commets un vol si je passais une journée sans travailler. » Il a une dernière idée. L'observation des marées.

Il finira sa vie heureuse de solitaire dans la simplicité des jours et l'insatiable curiosité. C'est Kant à Königsberg mais sans les problèmes avec les peupliers ou les pigeons du voisin. Il est maître du domaine et du paysage. Depuis la terrasse de la grande maison carrée, à main gauche, l'embouchure de la rivière et la montagne qui descend dans les vagues, à main droite les kilomètres de plage. C'est la position idéale pour étudier les marées, à l'angle droit que forment l'estuaire et la mer. Il consigne les coordonnées lunaires et mesure les étiages et les coefficients, le marnage, fait fabriquer des échelles graduées qu'on plante au milieu du courant, fait suspendre à leur sommet des lampes. Assis dans son rocking-chair, le carnet sur les genoux, il observe à la jumelle de marine les lumières dans la nuit.

L'amiral Decoux, gouverneur général de l'Indochine envahie, retiré à Dalat, lui fait parvenir les éphémérides de la marine. Il s'ennuie, Decoux. Il a quitté le palais Puginier de Hanoi pour ne plus voir parader en ville les samouraïs. Il s'est installé avec son cabinet au Lang Bian Palace devant les eaux du Lac. C'est petit pour un amiral, un lac, c'est humiliant. Pendant que les bombes explosent partout sur la planète, que les chars alliés qui ont pris Koufra filent vers le nord, que les pilotes kamikazes se jettent en piqué sur les destroyers américains, que l'Armée rouge enfonce le front allemand et avance vers la Pologne, Pétain est confiné à l'hôtel du Parc de Vichy et Decoux au Lang Bian Palace de Dalat devant les eaux du Lac. La grandeur de la France retranchée dans ses villes d'eaux comme des curistes désœuvrés en peignoir blanc et sandalettes, sous les lambris. Il faut bien s'occuper.

Decoux fait détruire les moulures et les décorations de style Belle Époque qui ornaient le Palace. Il exige qu'on fasse de même au théâtre de Saigon, place Francis-Garnier, qui deviendra plus tard l'Assemblée nationale. Qu'on en finisse avec cette mollesse rococo d'inspiration sans aucun doute juive ou franc-maçonne, qui aurait entraîné la France au fond du gouffre s'il n'y avait eu le Maréchal. Il veut de l'angle strict, du sobre, de l'austère dans le goût allemand. Ce sont ces caprices de l'Histoire et cet aveuglement qui amèneront la France, dix ans plus tard, à embellir et agrandir le golf de Dalat pendant la bataille de Diên Biên Phu. Dans la prévision que l'état-major serait heureux de s'offrir un petit parcours après la victoire. Dalat, la cité utopique, bâtie sur la page verte et vierge du Lang Bian, dont on rêva un temps de faire la capitale de toute l'Indochine, est à présent un îlot négligé même par les Japonais. L'amiral arpente les couloirs du palace en grand uniforme blanc d'apparat mais pourrait aussi bien demeurer en pyjama. Il s'inquiète des réserves de cognac et de champagne qu'il faudra jeter au fond du Lac à la vue du premier samouraï. Comme on saborde un navire pour ne pas le livrer à l'ennemi. Il sait Toulon et Mers el-Kébir. Mais les Japonais n'arrivent toujours pas.

Ce sera dans deux ans, et six mois avant Hiroshima, six mois après la libération de Paris, que les troupes d'Hirohito en déroute sur tous les fronts se lanceront avec furie à l'assaut des casernes françaises qui les attendaient depuis cinq ans et avaient depuis longtemps baissé la garde. Les Japonais massacreront les militaires et interneront les civils dans des camps. Pour l'heure, le personnel indigène, obséquieux le jour, la nuit renseigne le Vietminh. On fouille les corbeilles à papier et le bureau de l'amiral, trouve le dernier courrier de Yersin, prévient la guérilla que les impérialistes étudient les marées à Nha Trang, et peut-être préparent un débarquement.

Quelques jours avant sa mort, Yersin remercie l'amiral d'eau douce de l'envoi des éphémérides. C'est sa dernière lettre. « Je me permettrai de vous communiquer les résultats de ces observations sous la forme d'un diagramme lorsque j'en aurai réuni un nombre suffisant. » Bientôt on fêtera ses quatre-vingts ans. Il se doute bien qu'on prépare dans son dos quelque cérémonie. Entre ses relevés à la jumelle avec son assistant Trân Quang Xê, il traduit les Grecs. Sa seule publication posthume ne sera pas autobiographique : c'est Jacotot qui choisira l'un de ces titres postrimbaldiens qui plaisent aux pasteuriens : *Diagrammes des niveaux des marées observées à Nha Trang, dressés d'après les niveaux relevés par le Dr Yersin devant sa maison à Nha Trang*. Il enverra ça au *Bulletin de la Société des études indochinoises*.

À minuit et six heures du matin, puis à six heures du soir, Yersin consigne les observations et emplit des colonnes dans un carnet qui est aujourd'hui au petit musée de Nha Trang. Parfois il s'assoupit. Il est un peu dans la brume. Souvent mourir ça fait très mal. Il a vu ça dans les hôpitaux. Il flotte dans le bruit des vagues. À bord d'un chalutier normand ou dans une cabine de première, les cuivres et les bois vernis de l'*Oxus*, du *Volga* ou du *Saigon*. C'est la lente montée des flots noirs comme un murmure. L'eau salée clapote à l'embouchure de la rivière et se mêle aux eaux douces. Une somnolence et il se noie tout doucement dans une tristesse étrange montant comme la mer. Parfois une phrase de Pasteur. « C'est principalement par des actes de fermentation et de combustion lente que s'accomplit cette loi naturelle de la dissolution et du retour à l'état gazeux de tout ce qui a vécu. »

Le voilà fait de l'étoffe des songes. Les pêcheurs allument leurs lamparos et gagnent le large. Si l'un se blesse on le vaccinera contre le tétanos, on a ça au frigo. Demain le poisson luisant sur la glace et le saut des crevettes au fond des nasses. Les lumières dansent sur la mer ou derrière ses paupières. Il a une nouvelle idée. Demain il mangera des crevettes ou des pissenlits par la racine. Il se demande s'il a bien pensé à acclimater le pissenlit au Hon Ba. C'est un peu confus, maintenant, sa pensée, une lente inondation, l'eau noire et son murmure de marée sous la grande médaille blanche de la lune. La montée des eaux qui atteint les fusibles de son atelier d'électricité. Il faudrait actionner le disjoncteur, se lever, quitter le rocking-chair. C'est impossible. Les brefs éclairs du court-circuit. L'explosion d'un vaisseau dans le cerveau. Il est une heure du matin. La lumière s'est éteinte.

remerciements

Ceux-ci vont en premier lieu au professeur Alice Dautry, directrice générale de l'Institut Pasteur, qui a bien voulu me donner accès aux archives de la rue Émile-Roux, à Agnès Raymond-Denise, conservatrice, et à Daniel Demellier pour le soutien apporté à ces recherches et ses précieux conseils. À Paris encore à Hoa Tran Huy, Hoan Tran Huy et Minh Tran Huy. À Morges à Guillaume Dollmann pour son enquête sur la poudrerie et aussi pour notre voyage en Équateur, de Quito à Mitad del Mundo sur les traces de La Condamine. À Saigon à mes amis Philippe Pasquet et Trần Thị Mộng Hồng. À Dalat à Nguyễn Đình Bõng, directeur de l'Institut Pasteur, et à Đào Thị Vi Hoa, sous-directrice. À Nha Trang à Trương Thị Thúy Nga, conservatrice du musée Yersin de l'Institut Pasteur. Ainsi qu'à Trần Đình Thọ Khôi, ancien élève du lycée Yersin de Dalat, professeur, qui fut mon interprète en ces lieux, et auprès des gardes du Hon Ba, que je remercie eux aussi pour leur accueil, leur thé, et notre marche dans la forêt sous la pluie vers les vestiges de Yersin.

table

Ce livre bénéficie d'une résidence d'écriture de la Région Île-de-France dans le cadre d'un partenariat avec l'Institut Pasteur et la librairie La Cédille. L'auteur remercie Damien Besançon, Sylvie Gouttebaron et Xavier Person du soutien qu'ils ont apporté à l'élaboration de ce projet.

RÉALISATION : NORD COMPO À VILLENEUVE-D'ASCQ
IMPRESSION : CPI BRODARD ET TAUPIN À LA FLÈCHE
DÉPÔT LÉGAL : OCTOBRE 2013. N° 113778. (3001426)
IMPRIMÉ EN FRANCE